战疫情 校长说

ZHAN YI QING XIAO ZHANG SHUO

高校篇

主编 "学习强国"陕西学习平台
阳光报
西部网

西北大学出版社

图书在版编目（CIP）数据

战疫情 校长说. 高校篇 / "学习强国"陕西学习平台，阳光报，西部网主编. — 西安：西北大学出版社，2020.3
 ISBN 978-7-5604-4509-0

Ⅰ.①战… Ⅱ.①学… ②阳… ③西… Ⅲ.①书信集—中国—当代 Ⅳ.① I267.5

中国版本图书馆CIP数据核字（2020）第044195号

战疫情　校长说

主　　编：	"学习强国"陕西学习平台
	阳光报
	西部网
出版发行：	西北大学出版社
地　　址：	西安市太白北路229号
邮　　编：	710069
电　　话：	029-88302590　029-88303593
经　　销：	全国新华书店
印　　装：	陕西隆昌印刷有限公司
开　　本：	787mm×1092mm　1/16
印　　张：	9
字　　数：	136千字
版　　次：	2020年3月第1版　2020年3月第1次印刷
书　　号：	ISBN 978-7-5604-4509-0
定　　价：	25.00元

本版图书如有印装质量问题，请拨打029-88302966予以调换。

前　言

庚子新春，新冠肺炎疫情突如其来，习近平总书记亲自部署，向全国发出了"生命重于泰山，疫情就是命令，防控就是责任"的号令，并要求各级党委和政府必须按照党中央决策，全面动员，全面部署，全面加强工作，坚决打赢疫情防控阻击战。陕西省委省政府深入学习贯彻习近平总书记重要讲话、重要指示精神，防输入防扩散，坚决切断疫情传播链，早发现早隔离，全力以赴救治感染者，坚持联防联控、群防群治，坚定必胜信心，凝聚打赢疫情防控阻击战的强大合力。

中共陕西省委宣传部积极响应党中央决策部署和省委省政府工作要求，"学习强国"陕西学习平台立即行动，联合阳光报、西部网，在全省迅速发起"战疫情，强信心，校长给学生的一封信"征集活动，邀请全省的大中小学校长给学生们写一封信，告诉学生们在疫情面前如何看待、如何面对、如何去做，强信心、暖人心、聚民心，传家国情怀于莘莘学子，扬民族精神于万千少年。

很快，一封封饱含关爱呵护的书信汇集平台，全省大中小学校长从疫情防控的自我保护与社会责任，居家生活的学业安排和为人处世，个人的道德修养和家国情怀等方面对学子们提出了殷切期望和切实指导。这些满怀关切、散发着浓浓校园气息的书信在学子中产生了强烈反响。现将校长们的书信结集出版，以飨读者。

目 录

弘扬西迁精神 勠力决胜战"疫"
  西安交通大学 党委书记 张迈曾 校长 王树国 ………………… 1

风雨同舟担使命 团结一心战疫情
  西北工业大学 党委书记 张 炜 校长 汪劲松 ………………… 3

战"疫"有我 有我必胜 坚决打赢疫情防控阻击战
  西北农林科技大学 党委书记 李兴旺 校长 吴普特 ………………… 6

战疫情 你们每一个人都是战士
  西安电子科技大学 党委书记 查显友 校长 杨宗凯 ………………… 8

在战"疫"中成长
  陕西师范大学 党委书记 程光旭 校长 游旭群 ………………… 11

唯其磨砺 方能铺就坦途奏华章
  长安大学 党委书记 陈 峰 校长 沙爱民 ………………… 13

致西大学子的一封信
  西北大学 党委书记 王亚杰 校长 郭立宏 ………………… 16

无"疫"的天空下 樱花会如期盛开
  西安理工大学 党委书记 刘德安 校长 李孝廉 ………………… 18

严防疫情 佑我中华 严冬过尽春光满园
  西安建筑科技大学 党委书记 苏三庆 校长 刘晓君 ………………… 20

战"疫"防"疫" 心生阳光
  陕西科技大学 党委书记 姚书志 校长 马建中 ………………… 22

守望相助 共同战"疫"
  西安科技大学 党委书记 周孝德 校长 蒋 林 ………………… 24

万众一心 没有翻不过的山
  西安石油大学 党委书记 赛云秀 校长 李天太 ………………… 26

"疫"过天晴回延安 杨家岭下沐春风
  延安大学 党委书记 张金锁 ………………… 28

待冬天终被逾越　再笑谈春满未央
　　西安工业大学　党委书记　刘卫国　校长　雷亚萍……………………… 31
春满山河　共献力量　战"疫"必胜
　　西安工程大学　党委书记　刘江南　校长　高　岭……………………… 33
致西外学子的一封信
　　西安外国语大学　党委书记　白　黎　校长　王军哲…………………… 36
给西法大学子的一封信
　　西北政法大学　党委书记　孙国华　校长　杨宗科……………………… 38
致全体西邮学子的一封信
　　西安邮电大学　党委书记　杨更社　校长　范九伦……………………… 40
弘扬正能量　传递真善美
　　陕西中医药大学　党委书记　刘　力　校长　孙振霖…………………… 42
"疫"中成长　共创静好
　　陕西理工大学　党委书记　刘保民　校长　张社民……………………… 44
祈愿国泰民安　待春暖花开　盼学子平安归
　　西安财经大学　党委书记　杨　涛　校长　方　明……………………… 47
西安音乐学院所有湖北籍学子　书记院长给你们回信啦
　　西安音乐学院　党委书记　张立杰　院长　王　真……………………… 50
致西美学子的一封信
　　西安美术学院　党委书记　李智军　院长　郭线庐……………………… 53
待春暖疫去　盼你平安归
　　西安体育学院　党委书记　黄道峻　院长　朱元利……………………… 55
让我们在党的坚强领导下共克时艰
　　宝鸡文理学院　马克思主义学院全体思政课教师………………………… 57
同心战疫情　春暖花定开
　　咸阳师范学院　党委书记　赵万东　院长　舒世昌……………………… 59
击碎百丈寒冰　共待山花烂漫
　　渭南师范学院　党委书记　卓　宇　院长　赵　曼……………………… 61
铭记校训　玉汝于成
　　榆林学院　党委书记　许静洪　院长　许云华…………………………… 63
巍巍秦岭难阻牵挂
　　商洛学院　党委书记　龙治刚　院长　范新会…………………………… 67

冬已尽　春日盛　共迎曙光
　　　陕西学前师范学院　党委书记 付建成　院长 邵必林·················· 69
待疫情过　看神禾古塬　陌上花开
　　　西安培华学院　理事长 姜　波······································ 71
疫情面前　做好自己的英雄
　　　陕西国际商贸学院　董事长 赵　超···································· 74
待"疫"过　到渼陂湖畔　看交院锦绣春光
　　　西安交通工程学院　理事长 张晋生　党委书记 李博飞　院长 王志刚········ 76
坚定信心战疫情　修己安人提素养
　　　西安汽车职业大学　党委书记 杨俊利　校长 李瑞明····················· 78
待到疫情去　共沐春日暖阳　相聚书香校园
　　　杨凌职业技术学院　党委书记 陈　宁　院长 王周锁··················· 81
期待与大家在春暖花开的工院校园重逢
　　　陕西工业职业技术学院　党委书记 惠朝阳　院长 刘永亮················ 84
打赢战"疫"　再聚陕职
　　　陕西职业技术学院　党委书记 何树茂　院长 刘胜辉··················· 86
没有一个冬天不会过去　没有一个春天不会到来
　　　西安航空职业技术学院　党委书记 周　岩　院长 赵居礼················ 88
致全体学生的一封信
　　　陕西财经职业技术学院　党委书记 张志华　院长 程书强················ 90
保护好自己就是战"疫"的最大胜利
　　　陕西国防工业职业技术学院　党委书记 张卫平　院长 刘敏涵············· 93
待到春暖花开　相聚书香校园
　　　陕西交通职业技术学院　党委书记 杨云峰　院长 王天哲················ 95
从"心"出发　共克时艰
　　　陕西能源职业技术学院　院长 刘予东···································· 97
攥指成拳汇聚合力　"疫"过花开再聚铁院
　　　陕西铁路工程职业技术学院　党委书记 王　晖　院长 王　津············· 100
勠力同心　战"疫"必胜
　　　陕西航空职业技术学院　党委书记 李　涛　院长 冉　文················ 102
致全体西铁院学子的一封信
　　　西安铁路职业技术学院　党委书记 施利民······························ 105

众志成城 关爱"邮"我
  陕西邮电职业技术学院 党委书记 姜平涛 院长 赵兰畔 …… 108

吹响战"疫"嘹亮号角
  陕西艺术职业学院 党委书记 刘正利 …… 110

给咸阳职院全体学生的一封信
  咸阳职业技术学院 党委书记 刘聪博 院长 杨卫军 …… 112

坚定信心战疫情 阳光总在风雨后
  铜川职业技术学院 院长 杨建波 …… 114

致全体渭职院学子的一封信
  渭南职业技术学院 党委书记 华惠民 院长 张 雄 …… 117

你们都是最棒的
  延安职业技术学院 党委书记 呼世杰 院长 高福华 …… 119

期待在安职的校园里 同春天相逢 与大家平安相聚
  安康职业技术学院 党委书记 唐 军 院长 马恒昌 …… 121

风雨遮不住彩虹 乌云挡不住太阳
  陕西旅游烹饪职业学院 院长 王新丽 …… 123

志存高远 自强不息
  西安医学高等专科学校 党委书记 韩忠诚 校长 魏焕成 …… 125

懂敬畏 担使命
  西安铁道职业学校 校长 刘爱民 …… 127

万众一心 曙光将至
  西安铁道技师学院 院长 蔡建林 …… 131

有声书

弘扬西迁精神 勠力决胜战"疫"

亲爱的交大学子：

庚子鼠年新春，新冠肺炎疫情牵动着每一个人的心，也让 2020 年在新年伊始便成为国人记忆里极不平凡的年份。在这场没有硝烟的举国抗"疫"战斗中，全体交大学子，尤其是尚在湖北等疫情严重地区的同学们，一定要科学防疫、坚定信心、勇敢拼搏，学校同大家携手打赢这场战"疫"。

我们要提高政治站位科学防"疫"。 疫情防控是一场阻击战，也是一场总体战。这场战"疫"之中，每个人都是战士，每个人都要遵守严明的纪律。政治上，我们必须在党中央坚强领导下，服从统一安排，发挥党的政治优势、组织优势、密切联系群众的优势，让党旗飘扬在战"疫"一线；思想上，我们要认真学习贯彻习近平总书记关于疫情防控的重要指示精神，紧紧把握主流主线，多说鼓劲的话、打气的话，多想积极的事、长远的事，积极传播和弘扬正能量；行动上，我们要积极探寻自身在这场战"疫"中的角色定位，党员、团员发挥模范先锋作用，基层党、团支部发挥战斗堡垒作用，各级各类群团组织发挥桥梁纽带作用，共同构筑起群防群治、抵御疫情的严密防线。把每个人的胸怀大局和竭尽所能汇聚成磅礴伟力，我们就一定能够胜利！

我们要弘扬西迁精神共同抗"疫"。 疫情出现以来，以习近平同志为核心的党中央高度重视，要求全国上下勠力同心，坚决打赢疫情防控阻击战。交大人始终与国家同向同行、牢记责任使命、迅速统一思想、果断采取措施，众志成城、共克时艰，在不同战线贡献智慧、力量和汗水：297 名交大医护人员勇敢担当驰援武汉，附属医院全员坚守岗位开展救助，全球各地的校友们多方筹

措物资支援防疫，雷神山和火神山的工地上闪现着多位交大校友忙碌的身影，相关学科科研人员争分夺秒开展病毒相关研究，全体职能部门迅速响应关注师生状况，师生井然有序组织规划按时科研学习……交大人高扬的"爱国主义、集体主义、英雄主义、乐观主义"的旗帜，将这场严峻的考验转换成西迁精神的又一次勇敢实践，与全国人民站在一起，为抗"疫"注入交大力量。大家坚定信心，只要精神不倒，我们就一定能够胜利！

我们要真抓实干决胜战"疫"。珍惜时光，不负韶华，交大人不仅要克服这次疫情带来的困难，更要取得未来更好的发展业绩！停课不停教，停课不停学，停课不停研，停课不停工！同学们要以包容之心、自律之心、友爱之心和毅力恒心做好自主学习和自主研究。每一个人在特殊时期的自觉、自律、自强都是对自己的负责、对学校的负责，更是对国家的负责。艰难困苦，玉汝于成，只要不懈拼搏，我们就一定能够胜利！

同学们，没有过不去的寒冬，没有不到来的春天。待到春花烂漫时，让我们同时交出疫情防控和学校奋进发展的两份优异成绩单，交大等你们回家！

祝大家平安健康、阖家幸福、学业进步！

西安交通大学　党委书记　张迈曾
　　　　　　　　校　　长　王树国
2020 年 2 月 11 日

风雨同舟担使命　团结一心战疫情

亲爱的同学们：

大家好！

今天，原本是我们在校园相聚开课的日子，但一场突如其来的新冠肺炎疫情打破了平静的假期，也使得我们原有的教学计划无法完全实施，这个特殊的经历必然会让你们深受教育、难以忘怀。在疫情防控处于最吃劲的关键时期，你们的平安健康是我们最大的牵挂。我们用这种特殊方式开启同学们新学期的学习之旅，目的就是想告诉大家——病毒无情人有情，隔离病毒，但绝不隔离温暖，我们和你们永远在一起，学校永远是你们坚强的后盾！借此机会，我们也想和大家交流几点想法。

同学们，希望大家在抗击疫情中坚定必胜信心。生命重于泰山。疫情就是命令，防控就是责任。疫情发生以来，在以习近平同志为核心的党中央的坚强领导下，全国上下全力奋战、英勇奋战、团结奋战。"一方有难，八方支援"，社会各界、各行各业纷纷行动起来，从城市到乡村，从内陆到边疆，14亿人民心往一处想、劲往一处使，举国上下凝聚起共同抗击疫情的磅礴力量。近日，湖北以外地区新增确诊病例连续下降，全国治愈出院人数在逐步提高。这些是全国人民严防死守、团结一心以及前线人员日夜奋战的阶段性成果，为夺取疫情防控阻击战全面胜利打下了坚实基础。希望同学们树立起战胜疫情的必胜信心，及时了解、掌握疫情防控实时动态，以科学和理性的态度认识疫情，不信谣、不传谣，不懈怠、不恐慌，展现出新时代优秀青年的良好风貌。

同学们，希望大家在抗击疫情中强化远大理想。在几千年历史长河中，每当民族危难之时，都会有一批又一批的中华儿女挺身而出、顽强斗争，为战胜一次又一次困难挑战而英勇拼搏甚至献出宝贵生命。在抗击疫情中涌现出不少感人故事和英勇事迹，有让大家不要去武汉，自己却义无反顾地乘高铁奔向武汉的84岁高龄"逆行者"钟南山院士；有身患绝症、舍身忘我，与时间赛跑、与生命赛跑的武汉金银潭医院院长张定宇；有风雨兼程、不分昼夜，骑行4天3夜返回工作岗位的"95后"年轻医生甘如意；还有许多连续作战、身体透支而被单位下发强制休息通知书的各行各业一线工作人员。他们冲锋在前、英勇奋战，舍小家顾大家，夜以继日投入抗击疫情工作，目的就是力争从病毒手里抢回更多生命，为打赢这场人民战争贡献力量。希望同学们把万众一心抗击疫情作为生命教育和信念教育的生动教材和伟大实践，从抗击疫情逆行英雄先进事迹中汲取力量，激发爱国热情和报国之志，把个人命运与国家命运前途紧密相连，为实现中华民族伟大复兴的中国梦贡献智慧和力量。

同学们，希望大家在抗击疫情中主动担当作为。疫情防控是一场人民战争、总体战、阻击战，没有局外人和旁观者。在这场特殊的战争中，个人与家庭、个人与集体、个人与社会息息相关、休戚与共，每个人都在以自己的方式散发着光和热。你们中间不少同学响应学校号召，在做好自身各项防疫防护的基础上，积极参加各类志愿服务工作，先后有600多名志愿者为抗疫一线的医护人员子女提供免费家教服务，为医护人员解除后顾之忧；还有同学第一时间到所在社区（村）报到，参与到物资运送、体温监测、疫情防控宣传等志愿服务中，为疫情防控工作贡献了力量。疫情防控阻击战还在继续，需要更多的力量加入其中、奉献其中。希望同学们从自身做起，主动为疫情防控作贡献，做疫情防控的笃行者、参与者；严格遵守所在地和学校关于疫情防控的相关规定，尽量减少到通风不畅和人流密集场所活动，不参加聚集性活动，严格按照学校通知返校，做疫情防控的坚定支持者。

同学们，希望大家在抗击疫情中练就过硬本领。疫情暴发以来，全国科研工作者纷纷投入最紧迫的疫情防控攻关任务上来，把论文写在抗击疫情的第一线，把研究成果应用到战胜疫情中，取得了不少阶段性成果。但是，新冠肺炎研究是一项世界范围的科技攻关任务，是一项复杂的科学问题，绝非一日之功，需要假以时日。国家有难、匹夫有责。对于青年学生来讲，越是这个时候，越要保持定力、加强学习、练就本领。希望同学们要按照"停课不停教，停课不停学"的要求，主动适应和积极参与到在线教学当中，充分利用各类在线课程资源，通过坚持不懈的自主学习，努力实现自我提升；要弘扬科学精神，以科学的态度发现问题、认识问题、研究问题，练就过硬的科研素养和能力素质，为以后到祖国需要的科技攻关战场建功立业打下坚实基础。

没有一个冬天是不可逾越的，没有一个春天是不会到来的。我们坚信，风雨同舟担使命、团结一心战疫情，在大家的共同努力下，一定能打赢疫情防控阻击战。我们期待大家平安归来！

西北工业大学　　党委书记　张　炜
　　　　　　　　校　　长　汪劲松

2020年2月24日

战"疫"有我 有我必胜
坚决打赢疫情防控阻击战

亲爱的西农学子：

大家好！

庚子春节前夕，一场突如其来的新冠肺炎疫情牵动着党中央的心，牵动着亿万国人的心。面对这场没有硝烟的战争，在以习近平同志为核心的党中央坚强领导下，按照教育部、陕西省委省政府和杨凌示范区的疫情防控工作部署，我们学校把疫情防控作为当前首要政治任务，同全国人民一道共克时艰，投入抗击疫情的战斗中。与此同时，同学们的生命安全和身体健康，特别是疫情严重地区的湖北籍学子更是学校牵肠挂肚的想念。尽管我们迫不得已暂时不让大家返校上课，但我们更期盼重逢，最盼大家安康。

疫情就是命令，防控就是责任。这是一场无人能置身事外的挑战和考验，是一场艰苦的战役，每一位西农学子都应当尽一份力量、担一份责任，为夺取抗击新冠肺炎疫情斗争的胜利作出应有的贡献。我们真诚希望大家：

增强大局意识，科学防"疫"。 目前疫情防控正处于最吃紧的关键阶段，我们每位同学都要认真贯彻落实习近平总书记关于防控疫情的重要讲话精神和党中央决策部署，全面理解、支持和配合地方及学校疫情防控各项工作。要将"生命重于泰山"的安全理念牢记于心，明确科学自我防护就是在为这场战争作出贡献。在未接到学校通知前，不要提前返校，在家勤洗手、出门戴口罩、不聚集、少出门，适度锻炼、健康饮食，同时提高家人的防疫意识，做好健康监测，体现新时代大学生的责任担当。

依靠党团组织，坚定信心。 中华民族是历经磨难、百折不挠的民族，困难和挑战越大，凝聚力和战斗力就越强。作为与新时代并肩同行的大学生，作为秉持"诚朴勇毅"校训的西农学子，要充分依靠党团组织积极防控疫情，利用线上主题活动，发挥党员团员的光和热，力所能及为打赢抗疫阻击战贡献自己的力量。要坚定必胜信心，正如2月9日湖北籍学生临时（网络）团支部生活委员甘露给学校来信所表达的："我在湖北黄石，和同在湖北省的586名同学一起，向母校报平安。我们坚信武汉一定能重新按下播放键，云开雾散，春暖花开！"

努力积蓄力量，提升自我。 受疫情影响，学校作出了延期开学的决定，但开课不延期。2月17日，学校将全面开展网络授课，希望同学们在做好防护、陪伴家人的同时，弘扬"扎根杨凌、胸怀社稷；脚踏黄土、情系'三农'；甘于吃苦，追求卓越"的"西农精神"，珍惜宝贵学习时光，充分利用线上线下各种资源，把线上听课与线下自学有机结合，以只争朝夕的状态投入学习，做好学业学习和职业规划，培养发展兴趣爱好，静思做人道理，提高做事本领，为未来发展积蓄力量，做到"停课不停学，学习不延期"。

严冬终将过去，春天的脚步正在加快。我们坚信，在习近平总书记亲自指挥、亲自部署下，在党中央的坚强领导下，在广大医护工作者和科研人员的共同努力下，在全国人民的大力支持配合下，只要我们坚定信心、同舟共济、科学防治，就一定能打赢这场疫情防控阻击战。

小西湖的迎春花已经含苞、柳树也即将吐绿，期待大家早日平安归来，在美丽的校园再相聚！

西北农林科技大学　　党委书记　李兴旺
　　　　　　　　　　校　　长　吴普特
2020年2月13日

战疫情 你们每一个人都是战士

亲爱的同学们：

大家好！

庚子新春，突如其来的疫情牵动了全国人民的心。"不速之客"来势汹汹，让我们经历了一个不能走亲访友的春节，人们揪心于蔓延的疫情，也感动于最美"逆行者"的勇敢无畏和一封封"请愿书"的字字铿锵。你们这个寒假的所见所闻、所思所为，注定将成为你们人生中一段非同一般的重要经历。

和平年代没有硝烟，但是这场没有硝烟的抗疫战同样考验着每一个人。

疫情发生以来，在以习近平同志为核心的党中央坚强领导下，各级党组织、广大党员干部与人民群众坚定一心、同舟共济；负重前行的"全民偶像"钟南山院士、武汉市金银潭医院张定宇院长、疫情上报"第一人"张继先、创造中国奇迹的火神山与雷神山建设者、捐钱捐物的爱心人士、听从指挥居家隔离的普通民众，与所有白衣战士们一起，与时间赛跑，与生命赛跑，共同筑起抗击疫情的钢铁长城。在这场与疫情抗争的人民战争中，你们虽然不能亲赴一线作战，但也是一名光荣的战士。

你们是健康的战士，要守好首要的也是最重要的一道战斗防线：自我防控。防控疫情与我们每个人休戚相关，"每一位同学的平安，每一个家庭的健康，就是平安华夏、健康中国的坚固基石"。此时此刻，医疗专家和医护人员正在忘我地工作，各地人民都在严防死守，社会各界在千里驰援，你们虽然不能亲赴一线战场，但是最终打赢这场战役却离不开你们。疫情让我们距离远隔，但割不断关心和厚爱，你们的健康平安深深地牵动着学校的心。学校作出了延期开学的决定，老师们每天都在统计大家的身体健康情况，还开通了心理支持服务，希望每一天都能听到你们身心健康的消息。在这场阻击战的关键阶段，盼望你们配合目前推迟开学和后续返校复学工作的相关安排，履行公民责任，坚决做到不提前返校，少外出、不聚集、戴口罩、勤洗手、强体质，关爱自己和家人的身体健康，用自觉隔绝病毒的实际行动传递大爱，书写新时代青年学子的责任担当。

你们是理性的战士，要自觉做科学的传播者和真理的守护者。回溯历史，从疟疾、伤寒、霍乱到非典、禽流感、登革热、埃博拉，人类文明史反复证明，真理与科学才是抗击疫病成功的第一武器。新冠肺炎疫情出现以来，从成功研发检测试剂盒、快速分离出病毒毒株到不断优化临床救治方案，一系列积极进展都离不开科学的力量。相反，流言只会拖慢科学防疫的步伐，非理性的杂音只会扰乱战斗的节奏。你们是知识的传承者、真理的守护者，既不能掉以轻心，也不能惊慌失措，疫情形势越是严峻复杂，就越需要发扬科学、理性精神，把理想信念建立在对科学和事实的理性认同上，做一个不造谣、不信谣、不传谣的智者。

你们是新时代的强国战士，要不负韶华，努力练就过硬本领。强国必先强人，价值、知识和能力让每个人终身受益，更让国家和民族百年受益。今天，我们的科学家正在争分夺秒地研制有效药物，医生在用专业素养给我们带来生命的光辉，各级各类机构正在联防联控中不断提升治理能力，有了这些脊梁中坚的过硬本领，我们终将赢得战斗！21世纪是信息的世纪、智能的时代，充分利用大数据、人工智能、5G、虚拟现实等信息技术，培养自主学习（self-learning）、自助服务（self-service）、自我管理（self-management）的"3S"能力至关重要。现在，各高校都为本校学生开设了诸如"雨课堂""西电学堂"等网络资源平台，希望你们学会并爱上这种连接、共享、自主、开放的新模式，做到"停课不停学，学习不延期"，主动拥抱信息时代，主动拥抱变化，开展个性化和探究式的学习，力求"读懂科学、读懂人生、读懂中国、读

懂人民"，为更快更好地练就过硬本领、接续奋斗、凯歌前行作好准备。

冬将尽，春可期。同学们，我们终将会打赢这场疫情防控阻击战，期待着与你们在花香四溢、温暖宜人的春天相见！

西安电子科技大学　党委书记　查显友
校　　长　杨宗凯
2020 年 2 月 9 日

在战"疫"中成长

亲爱的同学们：

2020年春节，必定难忘。我们与一场残酷的疫情不期而遇。举国上下，全力抗"疫"，我们感受到了生命的无比珍贵，见证了一个个"逆行者"的英勇无畏，懂得了"守望相助、共克时艰"的意义所在。

疫情就是命令，防控就是责任。在这场没有硝烟的阻击战中，学校上下齐心，群防群治，令行禁止，落细落实，坚决守住校园阵地。祖国需要，陕师大人从不缺席。连日来，从编写出版全国首批疫情防控心理健康指导读物到在全国首推《战"疫"家书》，从组建团队开展新型冠状病毒发展趋势和传播风险研究到研制出恒温快速的新型冠状病毒核酸检测试剂盒，从自发捐款捐物、驰援疫区到在全国高校较早开通心理咨询援助热线，从制作原创主题MV到创作防疫抗疫美术作品……全校上下坚决贯彻习近平总书记重要指示批示精神和上级部署，发扬"西部红烛"精神，聚焦疫情防控重大需求，贡献师大力量，书写师大担当。

每一位同学的健康平安都是学校最大的牵挂，希望全国各地的师大学子安好无恙。"艰难困苦，玉汝于成"，也希望你们在这场战"疫"中得到成长，遇见更成熟的自己。

坚定信念，积合力以致胜。习近平总书记强调："在中国共产党的坚强领导下，充分发挥中国特色社会主义制度优势，紧紧依靠人民群众，坚定信心、同舟共济、科学防治、精准施策，我们完全有信心、有能力打赢这场疫情防控阻击战。"中国人民是具有伟大团结精神的人民。历史和现实证明：越是面对

挑战,越需要团结的力量;越是攻坚克难,越需要群策群力。疫情让人们在空间上保持距离,却让人们在心灵上贴得更近。同学们,请坚信,有党中央的坚强领导,有"全国一盘棋"的巨大优越性,有无数"逆行者"的全力奋战,有全国人民的众志成城,这场战"疫",我们一定能赢!

服从安排,静待春回大地。 当前是"战时状态",打赢疫情防控阻击战需要我们每一个人积极响应党中央号召,行动起来、组织起来、凝聚起来,从自己做起、从点滴做起。所以,请你们务必听从学校和当地政府疫情防控的安排,自觉服从管理,随时与学校、与辅导员、与导师保持沟通,一定不要提前返校,这是抗击疫情的需要,也是做好自我保护的需要。特别是湖北籍的同学,更要做好科学防护,调整好心态,稳定好情绪,学校时刻与你们在一起,我们共迎挑战,共渡难关。

修身明志,共赴青春韶华。 希望这个意料之外的超长寒假,能够成为你们思索人生、努力进取的重要时刻。"宅"在家中,可以做的事情有很多,能够做好的事情也有很多。静下来读一读原来没时间读的书,写一写筹划已久的论文,努力做好网上课程的学习。疫情让我们感到了对未知世界的焦虑,也让我们收获了对崇高精神的敬意。在无数次的感动之后,去领悟什么是愈挫愈勇的伟大民族精神,去领悟什么是中国特色社会主义制度的显著优势,去思考如何担当起时代赋予青年学子的责任和使命,去思考如何更好地成长为国家、民族需要的优秀的人民教师。

同学们,万众守望、共克时艰,学校永远是你们坚强的后盾!春花烂漫时,我们一定重逢在美丽明媚的师大校园!

陕西师范大学　党委书记　程光旭
　　　　　　　　校　　长　游旭群
2020 年 2 月 12 日

唯其磨砺　方能铺就坦途奏华章

亲爱的同学们：

2020年的春节，注定成为我们刻骨铭心的记忆。新冠肺炎疫情牵动着每一个人的心，让我们每一个人都无法置身事外。自疫情发生以来，从国家到地方，从一线医护人员到广大人民群众，14亿中华儿女同心战"疫"，勠力同心打赢这场疫情防控阻击战。在这场战"疫"中，我们愿与每一位长大学子携起手来，守望相助，共克时艰。

新冠肺炎疫情发生以来，习近平总书记多次召开会议，作出重要指示批示，全面部署疫情防控，充分体现了以习近平同志为核心的党中央真挚为民情怀和强烈使命担当。陕西启动突发公共卫生事件Ⅰ级应急响应，学校迅速成立疫情防控工作领导小组，切实做好疫情防控相关工作，保障广大师生的健康安全。

同学们，在这场没有硝烟的战"疫"中，每一位长大人都在展现坚守与奉献的力量。学校全体党员干部迅速行动，积极作为，组建党员先锋队，奋战在疫情防控第一线，充分发挥了基层党组织的战斗堡垒作用和共产党员的先锋模范作用。奋战在抗疫一线的校友们争分夺秒建设火神山医院、雷神山医院，以令人惊叹的速度打通救治患者的生命通道。学校师生积极参与疫情防控志愿者活动，为抗击疫情一线贡献一份力量；积极发起募捐活动，为前线筹集援助医疗防护物资；通过书画作品展为防控疫情助力。来自全国各地的长大人通过镜头向身处疫情战场的人们带来关心和鼓励……这些都是我们身边的最美"逆行者"，这一切，汇聚起了长大人疫情防控的强大合力。对于远在家乡的同学，

学校无时无刻不牵挂着你们,学校成立工作组,全面摸清、准确掌握学生健康状况,并开通心理援助服务热线,解决学生困难,服务学生成长,请相信,学校永远是你们最坚强的后盾。

同学们,在逆境面前,唯其艰难,才更显勇毅,坚定信念,方能攻无不克。从古至今,历史前进的道路从不是一帆风顺的,中华民族用自己的勤劳、勇敢和智慧克服艰难,实现一个又一个伟大梦想。一个有希望的民族不能没有英雄,一个有前途的国家不能没有先锋,疫情发生以来,一批批医疗支援队伍,一封封请战书,一个个最美"逆行者",他们挺身而出,与病毒抗争,为生命接力,他们是无惧生死、逆流而行的勇士,他们用善良与勇敢为我们诠释生命的意义。"每临大事有静气",这一古训早已成为中华民族的精神基因,中华民族历磨难而愈勇,遇百折而不弯;唯其磨砺,方能铺就坦途奏华章,每至时艰,便是中华儿女举国同行、同舟共济的时刻,作为长大学子,我们要对战胜这场疫情充满信心,充分相信党和国家能够带领我们打赢这场战役。

同学们,越是在艰难困苦面前,越需要蓬勃不息的勇气和担当。在疫情防控关键时期,广大医护人员迎难而上,奔赴前线,构筑起了一道坚强的防线。疫情就是命令,防控就是责任。作为长大学子要主动担负起疫情防控责任,凝聚起"天涯共此时"的力量,只争朝夕,不负韶华。第一,敬畏生命,珍惜健康。加强防护,规律生活,你们虽不能奔赴一线,但照顾好自己就是对疫情的助力、对奉献者付出的珍惜。第二,守护理性,传播科学。疫情越是严峻,越是要保持理性、科学的头脑,把理想信念建立在对科学的认同上,把能力本领建立在对知识的获取上,在疫情防控中主动传播科学知识,及时关注官方疫情动态,做科学的传播者、真理的守护者,展现新时代大学生的责任与担当。第三,精进学业,自强不息。要充分利用网络资源,做好专业学习和自我提高,做到"停课不停学,学习不延期"。现在,学校通过多种途径为大家提供了优质线上资源,希望你们能爱上这种自主、开放的学习新模式,通过学习不断积累知识,为成功的天平增加砝码,为打赢疫情防控阻击战贡献长大人的

力量。

  同学们,请记住:"你所站立的那个地方,正是你的中国。你怎么样,中国便怎么样。你是什么,中国便是什么。你有光明,中国便不黑暗!"愿我们每一个人都尽一份力、发一份光,众志成城,共克时艰,待春暖花开山河无恙,我们相聚长大韶华铺坦途!

长安大学　　党委书记　陈　峰
　　　　　　校　　长　沙爱民
2020 年 2 月 12 日

致西大学子的一封信

亲爱的各位同学：

　　2020年注定是不平凡的一年。岁首的一个多月里，我们每一个人都在经历、关注、感知着这场席卷中华大地的新冠肺炎疫情。疫情防控、十万火急，这是对中华民族的严峻考验，也是对每一位中华儿女的严峻考验。在这场疫情抗击战中，每个人都无法也不应置身事外。我们愿与每一位西大学子心连着心，扛起责任，共同应对这场战"疫"。

　　近期，每一个西大人都在用自己的方式积极奉献力量。1月26日，我校两所附属医院的9名白衣战士作为陕西首批援鄂医疗队成员出征武汉。学校师生和各地校友积极向抗疫前线援助医疗物资。学校科研团队第一时间研发并测试成功核酸以及N-蛋白检测试剂盒，助力快速筛查和监测感染人群。部分院系师生创作通俗易懂的宣传作品，为推动科学防疫贡献力量。所有这些，无不体现着西大人的使命担当。对于离开校园的各位同学，学校无时无刻不牵挂着你们的健康和平安，学校专门成立工作组，建立与大家联系的工作机制，动态掌握大家的身体状况和活动轨迹，并专门开通了心理援助热线和网络服务。请大家务必按照学校的要求，向院系老师及时反馈自己的情况，并按照各地疫情防控安排，做好个人和家庭防护，保护好自己才能帮助他人，保护好自己就是战"疫"的最大胜利。同时，我们提出几个期望，与大家共勉。

　　一是要正确认识，思考人与自然的关系。在人类与自然界抗争共生的漫长历史中，出现过很多瘟疫疾病、旱涝灾害。我们通过不断总结、增进常识、增长智慧，积极改善与自然的相处方式，近年来更是确立起坚持生态文明的准则和方向。大家应当相信党、国家和人民，我们终将打赢这场没有硝烟的战争。在这个关键阶段，希望大家利用网络资源持续学习，做到"放假不停学、学习不延期"，能真正静下心来，多读书，多思考，深刻理解疫情背后的人与自然相处之道。

二是要时刻关注，探究人与社会的关系。抗疫一线李文亮医生的去世令全国人民悲痛万分。我们的国家正是因有像李文亮医生一样的普通人，在大灾大难面前，担当起自己的社会角色和使命，贡献磅礴的正能量。万里捐物、千里送菜，车队保障、爱心送餐，所有的"平凡"与"不凡"，数不胜数、令人动容，他们的故事不正是"人文情怀、社会责任"这八个字的生动注解和精准诠释吗？位卑未敢忘忧国，是对国家民族的责任；安得广厦千万间，是心系芸芸众生的情怀。每一个数字背后都是一个活生生的人，这些人的背后更是成千上万个家庭，这些最终构成了我们的社会。希望大家始终保持对个体的关注，努力探究自身在社会中的角色，同时牢记当下最真切的感受，用最鲜活的个人记忆汇聚成国家和民族的集体记忆。

三是要保持同理心，珍惜人与人的关系。我们有很多同学正身处疫区，也许很多的亲戚、朋友被疫情彻底改变了生活。希望大家都能够保持同理心，从身边的人开始，提供力所能及的关怀和帮助。同时，这个寒假也许是难得的与父母、家人长时间相处的时光，我们也希望大家能够珍惜这些日子，多帮家人干干活，陪父母聊聊天，用人与人之间的温情、理解与关怀，为这个漫长的寒冬增添暖意。

在这段艰难的日子里，你们遇到任何困难，都可以随时联系学校，每位老师都会尽全力为你们提供帮助。在这段艰难的日子里，你们更应珍惜生命、牢记使命，时刻不忘自己是有崇高品质、时代责任的西大人。

我们都要坚信，守得云开见日出，待到春暖花开、疫病消散之时，学校等着你们平安归来！

西北大学　党委书记　王亚杰
　　　　　　校　　长　郭立宏
2020 年 2 月 8 日

无"疫"的天空下 樱花会如期盛开

亲爱的同学们：

值此众志成城、共克时艰之际，我们以致信的形式对你们及你们的家人表示问候，送上平安健康的祝福！

抗击新冠肺炎疫情是对我们的一次考验，但也仅仅是考验，我们终将胜利，中国终将胜利！昨天，我们看到了一名武汉籍学子给学校的来信，信中说："千百年来，我们的国家和民族不断经历着风霜雪雨，却也在同胞的互相搀扶中燃起希望的熊熊火种，它永不会熄灭。"这让我们看到了西理工学子浓厚的家国情怀，我们深受感动，倍感鼓舞。作为西理工学子，同学们要保持必胜的信心，防疫不恐疫、战疫不轻疫，在做好个人和家人防护的同时，遵守国家和所在地区政府关于疫情防控的各项规定和要求，确保自己和家人的平安健康。或许相隔千里之外，但我们心系每一位西理工学子的安康！西理工永远是你们温馨的家！

同学们，艰难困苦永远是我们最好的老师。这场疫情告诉我们，个人命运与国家命运紧紧相连，国家的繁荣安定是我们安心学习、生活的基本保障；这场疫情也告诉我们，国家兴盛需要人才，民族富强依靠人才，因此"为中华之崛起而读书"、助力实现中华民族伟大复兴的"中国梦"要始终成为我们的坚守；这场疫情还告诉我们，生命值得尊重和敬畏，梦想和希望都建立在健康的基础之上；这场疫情还将告诉我们，"艰苦奋斗、自强不息"的西理工精神永远是西理工人战胜一切困难的精神法宝。

同学们，你们的身心健康与成长进步是学校的最大心愿。当前，学校正在为给同学们创造一个无疫的校园而不懈努力，也正在多途径为同学们创造线上学习的条件，争取各类学习资源。希望同学们在做好公民应尽之责的同时，也要做好学生分内之事，心怀家国，克己自律，坚守"祖国、荣誉、责任"的校训，发扬"艰苦奋斗、自强不息"的西理工精神，在助力疫情防控中取得个人的成长与进步。

  同学们，春日已至，花开可期，我们坚信，在以习近平同志为核心的党中央坚强领导下，这场笼罩在我们头顶的阴霾将在不久散去，学校的樱花会在无"疫"的天空下如期开放，我们在西理工期盼每一位同学平安归来！

西安理工大学　党委书记　刘德安
　　　　　　　　校　　长　李孝廉
2020 年 2 月 9 日

严防疫情 佑我中华 严冬过尽春光满园

亲爱的同学们：

大家好！

新春之际，新冠肺炎疫情突如其来。疫情就是命令，从中央到地方迅速打响疫情防控阻击战，万众一心迎挑战，众志成城战疫情。面对这场猝不及防、来势凶猛的疫情，我们十分牵挂同学们的学习、生活和健康，特别是疫情高发地区的458名湖北籍同学。在此，我们谨代表学校向身在全国各地的同学们致以亲切的问候，由衷地祝福同学们健康平安。

连日来，面对复杂严峻的疫情形势，党中央紧急部署，各项政策措施密集出台，以"非常之举"应对"非常之疫"，各方力量联防联控，八方资源紧急驰援，相关部门全力以赴。

在全国，31个省市自治区启动重大突发公共卫生事件Ⅰ级应急响应，多地组织志愿者铁军，24小时待命防控疫情。各负其责，坚守岗位，筑起了一道又一道疫情防控的"铜墙铁壁"。

"国有战，召必回，来即战，战必胜""健康所系、生命相托，我必全力以赴""不计报酬，不论生死，人命关天，救人要紧"……全国各地、各行各业的人们，特别是"白衣天使"们用一张张"逆风前行"的请战书汇成了生命的暖流，承载着勇者的担当。

在武汉，火神山"三千勇士"24小时轮班战斗，仅用了10天时间，在2月3日建成了一个建筑面积达34 000平方米可容纳1 000张床位的传染病医院，与此同时，经过12天昼夜奋战，2月8日60 000平方米可容纳1 600张床位的雷神山医院也正式启用。这当中，也有我们多位建大校友只争朝夕的艰辛付出。疫情面前，令人惊叹、史无前例的中国速度向世人传递着一个负责任大国勇于担当的强烈信号——以最快的速度救治患者，以最快的速度控制疫情。

在以习近平同志为核心的党中央坚强领导下，各地各部门密切配合，社会各界齐心协力，中国正在形成打赢疫情防控阻击战的强大合力。据国家卫健委数据统计，目前全国除湖北以外地区新增确诊病例连续6日呈下降态势，充分说明国家采取的一系列强化防疫措施正在产生明显的效果。

同学们，学校牵挂着你们，教职员工关心着你们。学校第一时间成立由党委书记、校长任组长的疫情防控工作领导小组，设立联合办公室，组建10个专项工作组，研判形势，部署工作。学生工作部门建立网格化微信工作群，精准摸排监测师生员工动态，准确掌握信息，落实疫情防控日报告制度；教务管理部门制定了疫情防控期间在线教学组织实施方案；校医院医护人员坚守岗位，做好预检分诊，时刻奋战在抗击疫情的第一线；总务后勤全力保障物资供应；门禁管理严格有序，守好校园抗击疫情的第一道防线。

目前虽然正值寒假，由于疫情防控要求，你们不能外出聚会、走亲访友、实习考察，但国家为防控疫情所采取的果断措施，却给同学们创造了静心修读古今中外名家典籍、践履中华优秀传统美德、提高辨别是非能力的绝佳机会。希望同学们珍惜自学时光，修读国学经典，静心修养"充电"；履行社会责任，主动承担家务，减轻长者负担；坚定必胜信心，关注权威信息，服从组织安排；身心健康地度过一个既终生难忘又有意外收获的寒假。

请同学们相信，只要我们坚定信心、同舟共济、科学防控、理性面对，明媚的春光一定会驱散彻骨的严寒。让我们相约美丽校园，等待樱花盛开。

西安建筑科技大学　　党委书记　苏三庆
　　　　　　　　　　校　　长　刘晓君

2020年2月12日

战"疫"防"疫" 心生阳光

亲爱的同学们:

大家好!

在这个特殊的春节假期里,全国多地发生新冠肺炎疫情。在全国人民守望相助、共克时艰、共同应对这场没有硝烟的战役中,虽远隔千里万里,我们仍十分牵挂同学们的生活和健康,特别是在疫情高发地区的 303 名湖北籍同学。

在此,我们代表学校向身在全国各地的同学们致以亲切的问候,由衷地祝福同学们健康平安。同时,希望你们坚定信心、恪守公心、坚守恒心,与全国人民一道,共同维护公共卫生安全,保护个人生命健康,为打赢这场疫情防控阻击战作出自己的贡献。

坚定信心,增强打赢必胜信念。信心比黄金更可贵。新冠肺炎疫情发生以来,以习近平同志为核心的党中央领导全国人民采取果断、有效措施,以世所罕见、史所罕见的组织动员,开展了一场规模宏大的疫情防控阻击战,最大限度地保障了中国人民和全世界人民的生命健康,我们完全有信心、有能力打赢这场疫情防控阻击战。希望同学们理性面对疫情,坚定决胜信心,不信谣、不传谣、不造谣,不恐慌、不抱怨、不懈怠,关注权威信息,积极服从配合所在地疫情防控指挥安排和学校有关在校返校工作部署,在这场特殊的战役里,展示当代大学生爱国、感恩、自信、自强、自律的良好品格。

恪守公心,勇于承担社会责任。"苟利国家生死以,岂因祸福避趋之。"广大医务工作者、人民解放军、党员干部乃至社区职工,身在救治防疫第一线,用自己的血肉之躯树立起最美"逆行人"的伟岸身影,筑起守护人民安全健康的钢铁长城！决胜新冠肺炎疫情，需要全社会全体公民参与。对于同学们来说，我们对疫情防控最大的努力和贡献，就是珍惜奉献者的付出和努力，保护好自身的健康安全。希望同学们主动履行《中华人民共和国传染病防治法》规定的公民义务，严格遵照国家卫健委《新型冠状病毒防控指南》，做好个人防护，积极劝导亲朋好友一起践行"戴口罩、勤洗手、常通风、拒野味、不串门、不聚会"的行为准则，真正以自己的实际行动体现个人的社会责任与担当。

坚守恒心，安排好学习生活。"每临大事有静气，不信今时无古贤。"决胜新冠肺炎，绝非一日之功，需要假以时日。按照教育部、陕西省的总体部署，以及"延期不延教，停课不停学"的原则，学校已着手为大家提供优质线上学习资源、网络信息服务等教育教学保障。目前，学校图书馆数据资源免费获取、在线课程资源开放等相关工作已经就绪，请同学们积极适应参与，静心学习"充电"，保持健康自律的学习与生活习惯，在收获知识、增进亲情中度过假期生活。

岁月静好皆平常，时艰境险见精神。人类社会发展的历史，本来就包含着与各种疾病的抗争史，但历史从未因疾病停止前进的步伐。我们相信，有以习近平同志为核心的党中央的坚强领导，有祖国人民心手相连的关爱和担当，寒冬终将过去，春天必将到来。

同学们，学校挂念着你们，让我们相约美丽的科大湖畔，同春天相逢，与大家相聚！

陕西科技大学　　党委书记　姚书志
　　　　　　　　校　　长　马建中
　　　　　　　　2020 年 2 月 8 日

守望相助　共同战"疫"

亲爱的同学们：

　　大家好！

　　2020年的春节注定不平凡，一场突如其来的新冠肺炎疫情打破春节的宁静，牵动着我们每个人的心。

　　面对十分严峻的疫情防控形势，在以习近平同志为核心的党中央坚强领导下，各级党委和政府坚决贯彻党中央关于疫情防控各项决策部署，坚决贯彻"坚定信心、同舟共济、科学防治、精准施策"的总要求，以更坚定的信心、更顽强的意志、更果断的措施，紧紧依靠人民群众，坚决把疫情扩散蔓延势头遏制住，坚决打赢疫情防控的人民战争、总体战、阻击战。

　　在这个特殊的历史时期，学校全面启动疫情防控工作，从大局上审视各项预案的可行性，从细节上检视各项工作的操作性，一手抓防疫、一手抓办学，各项工作有效有序展开。学校切实地为同学们提供良好的学习条件，通过免费开放优质课程资源、制订网络课程计划、开展线上学习与科研交流活动等一系列举措，最大限度减少疫情对教育教学的影响，同广大师生家长守望相助、共同战"疫"。

　　我们分散在全国各地的西科学子也自觉加入这场没有硝烟的战争之中，有的同学勇当志愿者奋战在疫情一线，为守护家乡一方安宁贡献着力量；有的同学则足不出户，"宅"在家里，充分利用网络学习平台资源坚持学习，时刻与老师保持着联系；还有一些师生创作了声音作品《英雄》，向抗疫一线的英雄们致以最崇高的敬意……特别值得表扬的是，全体西科学子能够积极配合学校防控工作，严格遵守国家、学校关于不提前返校的规定，用实际行动，将爱国情转化为报国行，展现出新时代西科学子最美的风貌。

"每个平凡的春天，无不经历了寒冬惊心动魄的历练。"在这场防控疫情的战争中，我们见证了以习近平同志为核心的党中央的坚强领导，见证了广大医务工作者"捐躯赴国难，视死忽如归"的高尚精神，见证了社会各界同舟共济、守望相助的磅礴伟力，见证了中国人民正在为世界人民疫情防控事业做出的巨大努力。这是一堂十分生动的爱国主义教育实践课，让我们更加深刻地认识到个人与国家的命运紧密相连，更加深刻地认识到中国特色社会主义就是为人民谋幸福、为民族谋复兴、为世界谋大同。

凤凰涅槃焕新生，振翅高飞正当时。只要我们万众一心，再高的山也能翻过；只要我们同心协力，再险的滩也能越过。我们坚信，在以习近平同志为核心的党中央坚强领导下，全国人民一定会排除万难、勇往直前，坚决打赢这场疫情防控阻击战，让病魔无处藏匿，向着美好的未来远航。亲爱的同学们，希望你们务必按照学校统一部署，配合返校复学工作安排，严格遵守"未通知不提前返校"的规定，于 2 月 24 日按期参加学校网络课程，宅其身、抱道行，秉承"团结、勤奋、求实、创新"的优良校风，发扬"励志图存、自强不息"的西科大精神，努力学习、不负韶华。学校盼望着同学们能以健康、阳光的状态归来，在新的一年里练就过硬本领，取得更大进步！

让我们一起为武汉加油！为中国加油！

西安科技大学　党委书记　周孝德
　　　　　　　　校　　长　蒋　林

2020 年 2 月 11 日

万众一心 没有翻不过的山

亲爱的同学们：

大家好！

2020年的开篇是难忘的，也是忧伤的。近来，新冠肺炎疫情牵动全国人民的心，全国31个省区市均已启动重大突发公共卫生事件Ⅰ级应急响应。学校全面贯彻落实党中央、国务院工作部署和陕西省工作安排，成立学校新冠肺炎疫情防控工作领导小组和八个专项工作小组，迅速采取了一系列有力措施，全力做好疫情防控工作。

作为新时代具有强烈社会责任感的大学生，作为受"铁人精神"培养熏陶的西安石油大学学子，同学们要积极响应国家号召，为疫情防控贡献自己的力量。全体同学的身心健康是学校目前最为关心的头等大事，在这里，我们想和同学们谈几点针对此次疫情防控的感触和思考，也向同学们传达学校的祝福和希望。

希望同学们众志成城，树立战胜疫情的信心。中华民族在艰难困苦中从来都是坚韧不拔、顽强不屈的，在五千多年的文明历史中，没有任何困难能够击垮我们的意志，如今的中华民族比以往任何时候都更有信心、更有能力，因而，相信中华民族一定能有效控制并最终战胜此次疫情。同学们要坚信有党中央的坚强领导，有各地党委、政府以及学校的严格部署，有专业医务人员的科学防控与救治，有各界各领域工作者和广大人民群众万众一心、众志成城的坚决执行，只要人人认真做好各项防护工作，就一定能够赢得这场疫情防控阻击战的全面胜利。

希望同学们服从大局，配合政府和学校的防控工作。广大同学要充分认识当前疫情防控的严峻形势，全面理解、支持和配合各级党委、政府及疾控部门的各种安排和要求。学校已研究决定推迟2020年春季开学时间，虽具体开学时间目前没有确定，但在确定了正式开学时间之前，同学们不要提前返校，要严格遵守你们所在地疫情防控工作要求，做好各项防控工作。同学们要积极配合学校的各项情况摸排和信息统计工作，不漏报、不瞒报、不谎报，在疫情解除前，一律不组织和参与各类群体性活动。

希望同学们科学应对，注重预防，保护身体健康。同学们要认真严肃对待这次疫情，严格执行国家、当地政府及学校的各项防疫规定，尽量避免乘坐公共交通工具，不去人群聚集之处，外出时自觉佩戴口罩，保持室内环境卫生整洁和空气流通，勤洗手，适量运动，保持良好心态。要特别增强个人防护意识，学习新冠肺炎防控知识，时刻注意自己和家人的身体健康状况，如出现疑似症状，要第一时间到当地政府指定的发热门诊就诊并告知辅导员老师，学校将提供力所能及的帮助。

希望同学们不负韶华，读书学习，努力提升本领。有同学说，在家待久了，憋得慌，都想上学了。其实，只要心中有梦想，哪里都是舞台。这个特殊的假期，不出门，不正是提升本领的绝佳时期吗？同学们要趁着这段时间，多陪伴父母和家人，多做一些家务。还要利用这段时间做好学业规划和知识储备，多读书、多思考，充分利用网络学习平台资源充实自己；也可以通过电话或网络联系老师远程指导自己在家中开展的学习或科研活动，为新学期的学习打下更加坚实的基础。

同学们！万众一心，没有翻不过的山；心手相牵，没有跨不过的坎！我们坚信：在防疫的战场上，我们一定赢！愿广大同学继续秉承"好学力行、自强不息"的校训，坚定信心、科学防治、齐心协力、共克时艰，为打赢这场疫情防控阻击战展现新时代西安石油大学学子的担当！

最后，衷心祝愿全体同学身体健康、学业有成、阖家幸福！待到春暖花开时，我们再相聚！

西安石油大学　党委书记　赛云秀
　　　　　　　校　　长　李天太
2020年2月8日

"疫"过天晴回延安 杨家岭下沐春风

亲爱的同学们:

大家好!

2020年的寒假,注定非同寻常。新春佳节之际,一场新冠肺炎疫情自湖北武汉席卷而来,迅速蔓延。20多天来,全国上下按照习近平总书记关于疫情防控"坚定信心、同舟共济、科学防治、精准施策"的总要求,同时间赛跑,与病魔较量,迅速打响了疫情防控的全民阻击战。当前,疫情防控形势依然严峻,学校十分牵挂和关注你们及家人的身心健康,特别是身处疫情高发地区的146名湖北籍同学及家人的安全状况。在此,我代表学校向你们致以亲切的问候,由衷地祝福大家平安健康。

"生命重于泰山。疫情就是命令,防控就是责任。"疫情发生以后,学校坚决贯彻习近平总书记关于疫情防控的重要讲话、指示精神及党中央、国务院的决策部署,认真落实省委、省政府部署要求,第一时间成立了疫情防控领导机构和工作机构,制定了工作方案,落实了工作举措,用大家熟悉的方式和声音与你们保持沟通联络,了解你们的状况,掌握你们的动态,疏导你们的情绪,宣传普及疫情防控知识,引导大家正确面对,坚定信心,同全国人民一道众志成城,共克时艰。

20多天来,我们欣喜地看到,在抗"疫"这场没有硝烟的战争中,延大学子牢记习近平总书记对我校的重要批示精神,自觉践行"立身为公、学以致用"的育人理念,用不同的方式为抗"疫"战斗作着力所能及的贡献。附属医院4名"白衣战士"和医学院11名优秀校友主动请战,成为陕西支援湖北医疗队成员逆行驰援武汉；1 381名党、团员学生践行初心使命，自发通过武汉市慈善总会、中国社会福利基金会等平台捐款捐物；134名同学主动申请担任所在社区志愿者，帮助当地开展一些疫情防控的基础工作；500多名学生志愿者为防控一线医务人员子女开展"一对一"学业辅导；等等。这些感人的行为充分体现了你们"爱国情、强国志、报国行"的爱国主义情怀，充分展示了你们接受"信念坚定、求真务实、敢于担当、乐于奉献、善于创新"延安精神特质培养的教育成果。学校由衷为同学们点赞、喝彩！

当前，疫情防控正处在关键时期，希望大家继续坚定信心、不忘初心、保持耐心，听党指挥，遵照学校安排，遵守所在地区疫情防控的工作要求，保护好自己和家人，为最终打赢疫情防控阻击战作出自己新的更大的贡献。

坚定信心听从指挥。"信心比黄金重要。"习近平总书记强调，要再接再厉、英勇斗争，以更坚定的信心、更顽强的意志、更果断的措施，紧紧依靠人民群众，坚决把疫情扩散蔓延势头遏制住，坚决打赢疫情防控的人民战争、总体战、阻击战。现在，全国各地的100多支医疗队、上万名医务人员奋战在荆楚大地，还有19个兄弟省份对口支援除武汉外的湖北16个市州及县级市，这充分彰显了全国一盘棋的制度优势，体现了一方有难、八方支援的血肉深情，这是我们打赢疫情防控阻击战的信心来源。希望同学们听党话、跟党走，坚定必胜信心，在疫情防控期间，听从指挥，令行禁止，未经允许绝不要提前返校，保持良好心态，做好居家防护，关注权威信息发布，理性直面疫情，不恐慌、不焦虑、不信谣、不传谣、不造谣，以自身的严格自律为抗"疫"战斗最终胜利作出一份贡献。

不忘初心勇于担当。"天下兴亡，匹夫有责。"当前，"白衣天使"、部队官兵坚持一线救援不放松，货车司机、快递小哥坚持物资运输不停歇，党员干部、社区群众坚持站岗值班不松劲，共同筑起最美"逆行者"防护长城，让人泪目，让人感动。打赢疫情防控阻击战，需要我们每一个人不忘初心、英勇奋斗。希望同学们继续弘扬延安精神，保持敢于担当的优秀品质，在疫情防控

期间，遵章守制，主动担责，带头学习宣传疫情防护有关知识，提高自己和家人的防护能力，引导督促亲人、朋友养成良好的卫生习惯和健康的生活方式，在力所能及的范围内主动承担志愿服务等人民防线构筑任务，在勇于担当中成长成才。

保持耐心提升自我。"行百里者半九十"。当前，在以习近平同志为核心的党中央的坚强领导下，全国形成了全面动员、全面部署、全面加强疫情防控工作的局面。特别是国家采取的一系列强有力防控措施正在产生积极、明显的效果，湖北以外新增病例实现了七连降。"滚石上山最怕歇脚，决战强敌最怕松劲。"越是在这样吃劲的时刻，越是要锲而不舍。希望同学们保持耐心，思想不麻痹、行动不松懈，在疫情防控期间，调整情绪，做好规划、读书"充电"，静心修炼，在特殊时期用特殊的方式充实自我。学校已经启动实施"停课不停学"工作方案，为大家准备了包括疫情防控教育、全民生命教育、公共安全教育和心理健康教育等为主的丰富优质线上学习资源，请大家充分利用好"超星尔雅""易班""智慧树""中国大学MOOC"、有道精品课、网易云课堂等学习平台，坚持自主学习，努力提升自我。同时，多陪陪父母，多分担家务，让父母享受难得的"加长版"亲子时光。让理解、关怀和信任陪你们度过一个有温度、有情怀、有收获的假期。

"乌云遮不住升起的太阳，疫情挡不住春天的来临。"我坚信：万众一心，没有翻不了的山；心手相牵，没有过不去的坎。只要我们团结起来，携手并进，就一定能打赢这场疫情防控阻击战。

同学们，待到"疫"过天晴、山花烂漫，让我们再约延河之滨、杨家岭下、文汇山巅，共赴圣地春天的美好相会！

延安大学　党委书记　张金锁
2020 年 2 月 12 日

待冬天终被逾越　再笑谈春满未央

亲爱的同学们：

又是一年春，却逢非常时！

整个农历新年，我们和大家一样静坐家中，越过书本中镌刻的五千多年华夏文明，透过火红的窗花看着行人稀少的大街，听着日渐紧急的新闻报道，内心久久不能平静。连日来，随着新冠肺炎疫情不断蔓延，武汉、湖北乃至全国各地的防控措施都在不断升级。从物资保障到科研攻关，从全力救治患者到及时发布疫情信息，全国人民众志成城，正与"疫魔"进行着一场看不见硝烟的"决战"。自陕西省启动重大突发公共卫生事件Ⅰ级应急响应，学校也在第一时间部署，科学有序、从严从实地开展了疫情防控工作。

也许，你们正被来自学校老师、社区工作者的各类信息统计要求而烦扰；也许，你们正因所在区域疫情严峻被限制出行而苦闷；也许，你们正为身边奔赴一线的亲人、朋友而担心……也许，你只是和亿万平凡的中国人一样，用自律、自爱为抗击疫情奉献着自己的力量。不论此时你们身处何地，请坚信：繁华不是常态，也从不常驻一地，平静和信念才是永恒的力量之源。

同学们，十几年前的"非典"时期，你们大多还是稚嫩的孩童；而今天，你们已是这个国家和民族的青年一代。作为各位的师长，我们时时刻刻牵挂着你们每一个人的健康与平安，并和老师们一起在为你们的返校而全力准备；作为普通人，我们更是早已结成了相依相偎的生命共同体，成为这场战"疫"中的坚强力量，成为疫情防控链条中的关键一环。因此，我们真切地向同学们提出以下几点希望：

一是保持理性。混乱和无序是抗击疫情所面临的重大挑战。无论什么情

况,不造谣、不信谣、不传谣,这应成为最起码的底线。从你我他开始,从一言一行做起,守好法律底线,春天也就不再遥远。

二是做到自律。良好的生活习惯是预防疫情传染的关键,要自觉养成戴口罩、勤洗手、不随地吐痰等习惯。尽量少出行、少串门,尽量减少触摸公共场所的物品。

三是科学防疫。科学防疫、治疫才是战胜疫情的必由之路。同学们在严格约束自身的同时,也应积极配合和协助社区、医院做好疫情防治,严守紧急时期的各类规范和要求。

四是坚持学习。美好的青春时光不应在无力和迷茫中虚度。学习知识,报效祖国,也是对疫情防控的贡献。可以利用网络及时和老师沟通,借助网络平台完成自己的学业。

此时此境,也许正是我们都在共同经历的一堂家国情怀课,也是一堂敬畏自然课。同学们,我们希望大家怀有兼济天下的热血情怀,也不乏关注身旁点滴的温情目光;希望你们成为敢于抵御困苦的勇士,也成为善于辨识真伪的智者。希望你们以西安工大人的使命感和责任感,以新时代新青年的责任与担当扛起时代赋予的使命,以自律、自信、自强的青春姿态共同阻击"疫魔"的挑战!

在离校"宅家"的这段分别时光中,如果你们遇到任何困惑与困难,请及时联系我们,每一位老师都将竭尽全力为大家提供帮助。

就像我们共同期盼也始终坚信的那样,冬天必将逾越,春天终会到来。请你们保持平静的内心,不为凭空的谣言所蛊惑;树立坚定的信念,不因眼前的困难而惶恐,相信不久的将来,我们一定会在春意盎然的校园如约相见!愿每段岁月都值得铭记,愿每个生命都被温柔以待!顺祝你们学习进步、万事顺遂!

西安工业大学　党委书记　刘卫国
　　　　　　　校　　长　雷亚萍
2020年2月9日

春满山河 共献力量 战"疫"必胜

亲爱的同学们：

大家好！

庚子初春，新冠肺炎疫情突如其来，牵动着每位中华儿女的心！在党中央的坚强领导下，全国人民众志成城、共克时艰，迅速打响疫情防控阻击战。面对复杂凶猛的疫情，我们每时每刻都在牵挂着身在全国各地的每一位西工程学子的生活和健康。在此，我们代表学校向同学们和你们的家人表示亲切的问候和衷心的祝福，希望大家一切安好！

"黄鹤楼，长江水，一眼几千年；愿亲人，都平安，春暖艳阳天。"公益短片《平安即团圆，我们的战疫》感动了无数人。没有被禁锢的城，只有离不开的爱——千家万户的安全掩体之外，集合着医护"逆行天使"的热血请战、冲锋陷阵；万城空巷的寂静街道之中，点缀着城市"保障大队"的连轴运转、服务到家；越是在危急的关头，十四亿中国人民就越是凝聚在一起，产生出一往无前的力量。战"疫"中，娱乐明星撤出热搜，84岁的钟南山院士成为全民偶像；混合汗水与深痕浮肿的医护人员面庞成为最美"网红脸"；武汉方舱医院的"读书哥""跳舞姐"开启了"治愈系"的正确心态和姿势；意大利街头中国小伙带来的暖心场景，褪去了无端的猜忌与歧视，唤回了温暖的理性和善意……

面对疫情，学校迅速成立新冠肺炎疫情防控工作领导小组，我们俩担任组长，下设一办七组。坚决落实习近平总书记关于疫情防控工作讲话精神，按照上级有关工作部署，根据疫情的变化，结合我校实际，及时制定相应的战

"疫"措施,加强宣传引导和落实情况督查。面对严峻复杂的疫情防控形势,全校上下正在紧张有序地开展各项疫情防控工作。我们特别关心每位师生的身体状况,要求全体教职工不论身在何地,立即从休假状态切换为战时状态,一个也不能少,全面细致掌握每位同学的健康状况,并及时将疫情防范知识、学校各项防控措施传达给每位同学。请大家务必按照学校统一部署,做好个人防护、参与线上课堂学习和返校复学准备。2月24日,学校将线上开课,回校心切的你们可以在线上先和熟悉的老师见面,体验线上课堂的精彩。

同学们"宅"在家里已近一个寒假,在抗击新冠肺炎疫情的攻坚时刻,我们虽然不能到医院直接参与救护工作,但是每一个平凡人都可以做英雄们的"后援团"。同学们可以用读书、运动、做家务、陪家人聊天,取代各类花式睡姿、花式追剧和花式玩手机。"躺着为国家作贡献"毕竟是解压戏谑,你们千万不要做室内"流浪汉","宅"也要"宅"出崇真尚美的精神气儿和经纬天下的担当气魄。"宅"在家里也是战斗,从自身做起阻断病毒传播,必将"宅"来开学的好消息。

我们了解到,有的同学在家乡主动报名做村里、社区的志愿者,参与数据统计或隔离防控工作;数百名同学制作了视频短片或绘画作品,为武汉加油,为中国加油;还有很多同学协助老师做好班级的信息日报和信息传送工作;所有的同学,每天都会向学校报送状态信息。每日的通知、统计、汇总、上传都至关重要,每一个数据都好似捍卫健康新长城上的一块砖石,我们向全体同学对新冠肺炎疫情防疫工作的支持表示感谢,向提供志愿服务和奉献爱心的同学表达敬意。

在湖北、武汉的学子们,听到你们都平安,我们万分高兴。听到一位同学给辅导员回复"我们会小心,但我们并不害怕,我们一定会科学防控,把被传染的风险降到最低",我们如沐春风。学子的成长,最让母校欣慰。希望所有的同学都能在这场战"疫"中学会承担,学会应对,学会成长。

春满山河,共献力量。这次疫情会让我们重新认识春天、重新认识自然、

重新认识人心，再次感受中国力量。有党和政府的坚强领导，有"逆行天使""保障大队"以及所有国人的坚决参与，我们一定会打赢这场疫情防控的人民战争。无论疫情多么严重，学校始终与广大学子在一起；无论你在哪里，学校都希望开学与你平安相见。战"疫"必胜，我们期待着看到大家返校时如春光一样灿烂的笑脸。

西安工程大学　党委书记　刘江南
　　　　　　　校　　长　高　岭

2020年2月12日

致西外学子的一封信

亲爱的同学们:

疫情就是命令,防控就是责任。当前,一场疫情防控的人民战争已经打响。全国人民正坚定信心、同舟共济、科学防治、精准施策,同时间赛跑,与病魔较量,全国各行各业正在为坚决打赢疫情防控阻击战不断奋战。

在这个特殊时期,同学们度过了一个难忘的春节,相信绝大多数同学这个春节都在家里度过。家成了我们退守的最后堡垒,也是我们抗击病毒的前沿阵地。在电视机前,在网络平台、微信聊天、朋友圈分享,几乎三句话不离最新疫情的进展。这场疫情除了让我们的春节假期"泡汤"之外,给我们的深远影响可能在多年之后才会显现出来。这是一次危机,但也给了我们思考的时间,以及与家人相处的机会。同学们,看到了什么,学会了什么,挺起了什么,这可能是经历本次疫情后你们需要感悟到的。

要看到付出与坚守。疫情当前,在阖家团圆的日子里,有这么一批人留下了最美"逆行"身影,在各自岗位上守护着万家灯火。他们是无私奉献、英勇奋战的医务人员,是坚守在疫情防控一线、默默付出的工作人员,更是加班加点、全力保障防疫物资供应的广大工人和农民兄弟们。疫情的防控考验着我们,这不仅是一场医务人员的战斗,更是一场全民的战斗。对抗疫情,我们不能心存侥幸,要时刻保持清醒冷静。唯有众志成城,才能形成战胜疫情的合力。我们看到了疫情期间无数战"疫"英雄的付出与坚守,真正明白了"哪有什么岁月静好,只是有人替你负重前行"的含义。

要学会责任与担当。病毒无国界,雪崩时没有一片雪花是无辜的。疫情发生后,中国全国动员,强力应对,采取了最全面、最严格的防控举措,打响了一场疫情防控的全民保卫战。没有一个国家能够以如此快的速度布阵，全民防疫，从中南海不眠的灯光，到普通人家的日常生活，我们看到整个中国在行动，无论离武汉有多远，有多近，我们看到不分境内外暖暖的中国心正迸发出无穷能量。全国各地的医疗救援队在除夕夜奔赴战场，无数的"逆行者"汇聚起责任与担当的历史洪流。他们不计报酬，不论生死，用自己的肩膀担负起战"疫"一线最繁重的任务。我们在这场战"疫"中，要学会责任与担当，使命在心，负重前行。

挺起精神与脊梁。越是艰难险阻，愈益众志成城。一个有希望的民族，不能没有英雄；一个有前途的国家，不能没有先锋。21世纪的第三个十年就以这样的方式打开，超出了所有人的预料。"90后""00后"已经成长起来了，作为社会的新鲜血液，历史的使命自然而然地交到了年轻人的手中。向着病毒发起昼夜进攻的不仅有顶尖的科学家，还有超乎你想象的超大规模人民战争，作战地点不分区域，参战人员不分年龄，万众一心凝聚起众志成城的中国精神。1998年抗洪、2003年抗击非典、2008年汶川救灾、2014年抗击非洲埃博拉，一代又一代的中国人接力奋斗，战胜了一个又一个困难和挑战。我们要坚定信心、打起精神、挺起脊梁，汇聚在复兴之路上薪火相传的精神力量。

亲爱的同学们，春天已经来了，我们相聚的日子也即将到来。请大家务必按照学校统一部署，配合学校返校复学工作的相关安排，做好个人防护和返程规划，充分利用好学校开通的网络资源平台，自觉做好自主专业学习和自我提升，做到"停课不停学，学习不延期"。让我们紧密团结在以习近平同志为核心的党中央周围，坚定必胜信念，万众一心，众志成城，夺取抗击疫情斗争的最终胜利。让我们一起和春天定下一个约会，期待与大家在学校再相逢！

西安外国语大学　　党委书记　白　黎
　　　　　　　　　　校　　长　王军哲
2020年2月9日

给西法大学子的一封信

亲爱的同学们：

2020年，一场始料未及的新冠肺炎疫情袭扰华夏大地，给整个国家和社会的正常秩序、人民大众的生活带来冲击和挑战。以习近平同志为核心的党中央采取果断有力措施，开展了一场万千群众参与的疫情防控的人民战争、总体战、阻击战。这场疫情是对国家、民族的考验，也是对我们每个人的考验。西法大人扎根西部、心怀天下，长期以来形成了与国家民族同呼吸、共命运的传统。此次"战疫"，西法大的师生以各种方式参与其中，他们有的作为家庭所在地社区的志愿者，在疫情防控第一线走在前、勇担当；有的发挥专业优势，围绕依法防疫进行网上宣讲、答疑解惑；有的发起募捐、表达心愿、作出承诺，汇聚疫情防控的正能量。我们向大家致敬！也向身处全国各地，特别是湖北的同学们表达良好的祝愿！老师们都心系你们、惦念你们，关心你们的健康与安全。

生命，总是在挫折中茁壮；思想，总是在挫折中成熟；意志，总是在挫折中坚强。让我们为逝者哀悼的同时，希望同学们在这次疫情防控的考验和斗争中，获得人生体悟和淬炼成长。

敬畏生命，健康成长。生命不分国界、不分物种，要用平等的眼光看待生命，与周围的生命和谐共处。要敬畏生命、珍惜生命，抛弃对生命的疏远和漠然。要建立积极向上的人生观，能在艰苦的条件下助人为乐，能在危难时刻挺身而出，遇到困难能自强不息，以积极进取和乐观向上的态度成就人生幸福的基石。要按照习近平总书记倡导的"每个人是自己健康第一责任人"的要求，掌握必备的生存技能，养成健康生活习惯，强健体魄，愉悦身心。

带头守法，担当责任。 习近平总书记强调，疫情防控越是到最吃劲的时候，越要坚持在法治轨道上统筹推进各项防控工作。疫情阻击战，也是法治进行时。依法防控，重在依法依规、有章有序。依法防控，贵在公民守法、理性防控。在大疫面前，为了整体的需要，需要每个人以规则、纪律、公约为前提，以自觉、克制为原则，让渡出部分权利及自由，履行一定义务，以平常心、理性来积极配合。要做好疫情防控普法宣传和力所能及的法律服务。

坚定信念，未来可期。 "历史的道路，不全是平坦的，有时走到艰难险阻的境界，这是全靠雄健的精神才能够冲过去的。" 在这场"战疫"中，我们看到了上下同欲和坚忍不拔的精神，一声令下，1 000多万人口的城市一夜"封城"，最大限度遏制病毒扩散；一声号召，万余名医务工作者逆行驰援武汉。中华民族这种固有精神品格影响了每一次危机的发展趋势和最后的结果，并最终推动整个社会与文明的进步。我们看到了中国力量，面对春节大迁徙带来的巨大压力，通过强大的动员能力、完善的社会组织体系，有效阻止了疫情蔓延。全国百姓都停下脚步，自觉在家隔离，让热闹了千年的春节变得含蓄而内敛。我们感受到了中国速度，34 000平方米的火神山医院10天建成，60 000平方米的雷神山医院12天建成。历史对我们的考验从来没有停止，我们坚信，中国必胜！

"时穷节乃见，一一垂丹青。" 越是在特殊时期，越需要青年人的担当。请同学们继续坚持下去，怀揣家国情怀，积蓄信心力量，将这段艰难的岁月转变为个人成长的重要经历与宝贵财富。

同学们，人生路上甜苦和喜忧，愿与你分担所有。待到山河无恙、人间安详，希望如期而至的不止是春天，还有疫情过后平安自信的你。母校老师在天平楼下、明德门旁等你们回来。

西北政法大学　党委书记　孙国华
　　　　　　　　校　　长　杨宗科
2020年2月13日

致全体西邮学子的一封信

亲爱的同学们：

大家好！

一场突如其来的新冠肺炎疫情牵动着每一个国人的心。在没有硝烟的战争中，全国人民众志成城、共克时艰，让我们再次看到了中华民族不畏艰难、迎难而上的民族精神。一方有难，八方支援，各地力量源源不断驰援武汉，再次展现了中华民族守望相助、共渡难关的优良品质。中华儿女共同筑起了抗击疫情的钢铁长城，我们向那些勇敢无畏的"逆行者"致以崇高的敬意！

面对蔓延的疫情，我们时刻牵挂着全国各地的每一位西邮学子的生活和健康。在此，我们代表学校向西邮学子和你们的家人表示亲切的问候和衷心的祝福，希望大家一切都好、健康平安！

为打赢疫情防控阻击战，学校党委成立了疫情防控工作领导小组，迅速实施了一系列维护师生安全健康、保证校园稳定有序的举措。党员领导干部以身作则、奋战一线，各部门各单位分工协作、群策群力，全力守好"责任田"，护好"一校人"，让党旗在疫情防控第一线高高飘扬。学校"我在校园"开发团队以网络为阵地，向全国260余所高校免费提供授权码，提供信息平台服务，助力疫情防控；刘贲教授应邀参加中国美术家协会主办的"众志成城、抗击疫情——美术家在行动"网络展览，用《勇毅战胜病毒》《剪危机》等多幅海报作品讴歌战斗在疫情第一线的最美中国人；邢艳华、周博宇、王之璞等老师参与制作了公益歌曲、MV《武汉，我们相守相依》，展现了中华儿女心手相牵、共克时艰的精神风貌；自动化学院李欢同学作词作曲、电子工程学院王世

杰同学演唱的歌曲《战"疫"过后，满城芬芳》，表达了青年学子战胜疫情的决心和信心；校友们也纷纷出力献策、热心支援，积极为防控疫情贡献力量……西邮人用自己的实际行动诠释着责任和担当。我们向所有不畏艰险、迎难而上的西邮人致敬！

生命重于泰山。疫情就是命令，防控就是责任。你们是与新时代共同前进的一代，相信你们在疫情防控的斗争面前，一定会肩负起时代赋予的使命与责任，与祖国同命运，与人民共患难，为打赢疫情防控战作出自己应有的贡献。希望你们保护自己、关爱家人，严格按照国家卫生健康委员会发布的《新型冠状病毒防控指南》和家人一同做好防护，认真践行"戴口罩、勤洗手、常通风、拒野味、不串门、不聚会"的行为准则，保护好自己和家人的健康安全。希望你们积极配合、服从所在地疫情防控指挥安排和学校安排，理性面对疫情，保持平和心态，保护好自身的健康安全，自觉做科学的传播者、谣言的粉碎者、健康的守护者、家庭的关爱者，全力阻止疫情蔓延。希望你们做到"停课不停学，学习不延期"，珍惜在家里的宝贵时间，充分利用学校在"爱课程""超星泛雅""智慧树""学堂在线"等平台上的在线课程资源，通过坚持不懈的自主学习，努力实现自我提升。

没有一个冬天不会过去，没有一个春天不会到来。我们坚信，在以习近平同志为核心的党中央的坚强领导下，在全国人民的共同努力下，我们一定会打赢这场疫情防控阻击战。春暖花开，欢聚可期，学校期待大家平安归来！

西安邮电大学　党委书记　杨更社
　　　　　　　校　　长　范九伦
2020 年 2 月 10 日

弘扬正能量 传递真善美

亲爱的同学们：

大家好！

当前，新冠肺炎疫情牵动着亿万中国人的心。党中央、国务院高度重视疫情防控工作，习近平总书记多次作出重要指示批示，全国各地均启动了重大突发公共卫生事件Ⅰ级应急响应。

疫情就是命令，防控就是责任。学校高度重视疫情防控工作，成立了新冠肺炎疫情防控工作领导小组，积极制订各项防控预案和措施，保障了校园的稳定和安全。你们可敬的老师们主动请缨，积极报名参加国家中医医疗队、陕西省支援湖北医疗队，已有三批次奔赴武汉抗疫一线。他们用坚定的手印表达了铁骨铮铮的誓言，他们用务实的言行诠释了医者仁心的本色，他们用最美的身影书写了大爱无疆的情操。

更让我们欣喜的是，你们当中涌现出一批优秀党员、学生干部、实习生、研究生、志愿者等，他们以自己的学识和担当在实习单位、在各自家乡、在社区乡村，为抗击疫情默默奉献，以"仁心仁术"彰显着陕中医人的担当作为，以实际行动践行着医学生的"大医精诚"。

希望同学们以先进典型为榜样，对标看齐、学优争先、担当使命，与祖国同命运，与人民共患难，自觉做科学的传播者、谣言的粉碎者、健康的守护者、家庭的关爱者。

为确保疫情防控期间同学们的身心健康和生命安全，特向全校学生发出如下倡议：

要坚定必胜信心。相信党和国家，保持中华民族团结统一、爱好和平、勤劳勇敢、自强不息的伟大民族精神和凝聚力，相信我们的科技实力，理性看待疫情，不信谣，不传谣，始终保持积极乐观心态，坚定抗疫必胜的信心。

要加强自我防护。全面学习了解新冠肺炎的传染源、传播途径、易感人群和预防治疗等知识，充分发挥医学院校学生的专业特长，在做好自我防护的同时，向周围人做好科普宣传。

要加强自我管理。保持日常自检自查，如果出现发热、干咳、胸闷、乏力等明显症状，请主动前往定点医院发热门诊就医。如发生与新冠肺炎确诊患者、疑似患者或疫区人员的密切接触，应主动自我隔离，并第一时间报告辅导员（班主任）及社区工作人员。

要科学安排学习。学校3月2日前不开学，2月17日起开始网上授课。请同学们利用"智慧树""雨课堂""清华在线"等平台，主动开展课程预习，积极参与线上互动，做到"停课不停教，停课不停学"。

同学们，守护每一位学生的健康成长是学校义不容辞的责任担当，你们的健康与平安更是老师们最大的期盼。让我们携起手来，万众一心，共克时艰，为打赢这场疫情防控阻击战作出应有的贡献。

祝福同学们身心健康、学习进步！让我们一起弘扬正能量、传递真善美，为武汉加油，为中国加油！

陕西中医药大学　　党委书记　刘　力
　　　　　　　　　校　　长　孙振霖
2020年2月12日

"疫"中成长 共创静好

亲爱的同学们：

大家好！

首先向各位同学以及你们的家人致以新春的问候！

今年春节，一场突如其来的新冠肺炎疫情打乱了我们的学习和生活，党中央、国务院高度重视疫情防控工作，习近平总书记多次作出重要指示批示，全国上下万众一心，采取各种措施坚决遏制疫情蔓延，每位同学也一定都时刻关注着抗击疫情的最新消息。为了做好疫情防控工作，陕西省已启动重大突发公共卫生事件Ⅰ级应急响应。陕西理工大学时刻牵挂着同学们的生命安全和身心健康，特别是身处疫情严重地区的同学。学校第一时间部署疫情防控工作，宣传防控知识，全体教职工和各位同学积极响应，坚持做好信息摸排统计、"日报告"和帮扶关爱工作，精准施策，为师生的安全和健康全力保驾护航。

当前，疫情防控形势依然严峻。我校师生员工、学子校友不忘初心，勇于担当，传递温暖。全校防控工作重点单位和22个基层党委的党员干部、教职工坚守岗位，身处各地的我校学子为抗击疫情的一线工作人员捐赠物资、增援工作……在他们身上，我们看到了陕理工人的担当。在这个关键时期，我们希望陕理工的每位学子能够以新时代青年大学生的责任与使命，与全国、全省人民同舟共济，合力打赢这场疫情防控阻击战。

希望同学们继续按照教育部和陕西省的统一部署，响应学校号召，在未接到学校发布的正式开学通知前，不要提前返校，不要提前返回汉中，并保持与辅导员、班主任的密切联系。一旦出现疑似症状，应立即佩戴防护用品到指定医院就诊,并及时上报所在学院,学校会给予你最大的关注与支持。

在正式开学前,学校将组织开展线上教学,提供在线心理辅导,请同学们根据学院线上教学安排,全心全程投入线上学习,开展自主学习,确保学习不断线,并根据自身需要进行线上心理咨询。希望大家主动保持与辅导员老师的日常沟通,关注学校官网官微,及时了解并积极落实工作安排。学校的每一位教师会全天候、全方位服务同学,并为你们的成长成才助力!

同学们,面对疫情,我们和家人要科学防护:少外出,勤洗手,常通风,不聚集。外出做好防护,不去人员密集场所。坚持锻炼身体,增强免疫力,保持良好作息规律,带动身边人做好卫生防护。"超长假期"也让我们拥有了一段充分陪伴家人的时间,希望同学们积极与家人增进感情,主动承担家务。面对各类信息,要保持理性与冷静,自觉培养和提高独立思考与明辨是非的能力,不造谣,不信谣,不传谣,坚定必胜信念,将战"疫"正能量传递给更多的人。

同学们,有一种历练叫"艰难困苦,玉汝于成"!困难是一所最好的学校。在困难面前,我们要更加懂得胸怀家国,明大德以致远,知修身齐家以平天下,学会与自己相处,这是我们修行的境界;我们要更加懂得珍惜时间、博学广学,增长知识与本领,这是我们成长的阶梯;我们要更加懂得无私奉献、忠诚履职、践行承诺,做知行合一、笃行不倦的大学生,这是我们肩负的使命;我们要更加懂得感恩,学会付出,懂得包容,学会理解,这是我们成功的基石!

同学们,有一种真情叫"风雨同舟,相濡以沫"!在这个艰难的时期,我们关注最多的不仅是每天更新的数据、积极治疗的患者,还有更多奋战一线、逆向而行的医护人员,倾情相助、驰援湖北的八方同胞……感人至深的大爱沁润着我们每个人的心。学校也始终发扬"艰苦奋斗,忠诚奉献,求真尚实,博望致远"的陕理工精神,与全国人民同心战"疫"。在此,学校也要感谢你们的付出和理解。

同学们，春天已来，我们坚信，病毒终将消亡，繁花必然怒放。让我们共同期待，与每一个健康平安的你在陕理工的校园再次相聚！

陕西理工大学　党委书记　刘保民
　　　　　　　　校　　长　张社民
　　　　　　　　2020 年 2 月 10 日

祈愿国泰民安　待春暖花开　盼学子平安归

亲爱的同学们：

见字如晤，祈望安好！

一场从华中腹地袭来的病疫侵扰着神州大地，让我们的国家和人民面临着严峻的挑战。当此疫情防治关键时期，我们看到了党中央坚强有力的领导，看到了"全国一盘棋"的制度优势，看到了一大批朴实平凡、让人感动泪目的英雄。面对这场突如其来的新冠肺炎疫情，习近平总书记一声号令，鼓舞着万千英雄向前、向前、再向前，也激起了举国民众上下同心、奋力抗疫的壮举。这个没有硝烟的战场，正是砥砺初心使命的检阅场。

共战疫情，天下之大事。 当前，正处在新冠肺炎疫情防控胶着对垒的关键时期，学校时刻牵挂着师生们的安危冷暖。面对疫情，学校党委坚决贯彻落实党中央、省委决策部署，将疫情防控工作作为当前一项重大政治任务和最重要工作安排，迅速反应，周密部署，科学防控，切实增强"四个意识"，坚定"四个自信"，做到"两个维护"，认真贯彻习近平总书记重要指示精神和中省决策部署，第一时间成立防控新冠肺炎疫情工作领导小组，学校各级干部严防死守，坚决服从党中央、省委省政府统一指挥、统一协调、统一调度，令行禁止，构筑健康防线，确保校园、老师和同学们安全。

"九万里雷霆，八千里风暴，劈不歪，砍不动，轰不倒。"疫情面前，无所畏惧；严防严控，坚持到底！此时此刻，我们真诚期盼五湖四海的西财大学子们，坚定信心、同舟共济、科学防治、平安而归。我们和祖国是血脉相融的，在国家危急时刻，热爱祖国是每个中国人最真挚永恒的情感。在此，我们

真切希望同学们发扬"自强不息、艰苦奋斗"的精神，自觉做遵纪守法的好公民和顾全大局的好青年，提高安全防范意识，努力做到以下几点：

坚定信念，严防严控。疫情面前，奋战在一线的每个人都是忠于人民的战士，无所畏惧，迎难而上，体现出新时代为国家抛头颅、洒热血的民族精神，也充分诠释了精忠报国的个人理念。同学们切勿恐慌，相信只要我们科学预防，就有办法避开病毒的侵袭，打赢防疫战役。大家要密切关注国家及当地政府、卫生防疫部门和主流媒体发布的权威疫情信息，相信科学，理性应对，做好个人防护；请大家密切关注学校官网和官微，及时与老师保持联系，如实做好信息上报，按照学校统一部署，参与线上课堂学习和返校复学准备。

调整心态，保持定力。疫情就是命令，防控就是责任。疫情发生以来，学校迅速通过微信、微博、新闻网、QQ群等媒体平台，深入开展新冠肺炎的舆论引导和防控宣传教育。引导广大师生不造谣、不传谣、不信谣，学校始终心系大家，确保同学们的生命健康安全。希望广大"宅男""宅女"因地制宜，合理安排个人每天的生活，珍惜宝贵时间，多读书、读好书、善思考、勤写作，温故而知新。同时要适度锻炼身体，提高免疫力，主动承担起家务劳动，为奋战在一线的父母减轻负担。希望同学们莫负光阴不庸碌，珍惜青春吐芳华，相信定有所得。

牢记使命，保家卫国。"苟利国家生死以，岂因祸福避趋之！"在疫情面前，每一个坚守岗位的平凡人都是英雄！在每天的新闻里看到他们忙碌的身影，我们备受感动。对于同学们来说，既要向英雄学习，努力提高自身综合素质，掌握奉献社会的真才实学，还要时刻提高防控意识，听从党和政府的统一领导、统一指挥，坚守家居不外出，拒绝聚会、来访，尽最大可能降低感染的风险，保护自己，亦是保全他人，为打赢疫情防控阻击战贡献力量。

同学们，寒冬已过，暖春会来，风樯动，龟蛇静，破雾霭沉沉，激荡春潮注。这次疫情让我们再次感受到中国力量，忧国、救国、报国是我们在不同形式下所表现的爱国方式，让我们把每一缕思考、每一次行动、每一分钟都化作

对祖国的奉献。

祈国泰民安,待春暖花开,笑迎英雄归来!

只争朝夕,不负韶华,盼学子漫步雁塔,梦回长安!

西安财经大学　　党委书记　杨　涛
　　　　　　　　校　　长　方　明
2020 年 2 月 13 日

西安音乐学院所有湖北籍学子
书记院长给你们回信啦

亲爱的同学们：

大家好！

你们的来信已收悉，我们在字里行间读到了新时代大学生的信念和担当，知道你们一切安好，我们深感欣慰。

庚子新春，一场突如其来的疫情打破了节日应有的喜庆气氛，而身处湖北家乡的你们，成为学校最大的牵挂。连日来，你们的健康和安危时刻牵动着学校老师和同学们的心，大家纷纷通过各种方式传达着对你们的牵挂和祝福。在这场疫情中，你们及家人"以静止疫"，用实际行动对抗疫情的传播，用大义、责任和担当保障更多人的生命健康，我们代表老师和同学们向你们及你们的家人表示感谢！衷心祈愿疫情尽快得到控制，各位同学能够早日恢复正常生活！

在此，我们也想通过你们，向湖北籍以及全体西音学子传达学校的祝福和希望。

希望你们遵于令，坚定信心战疫情。 疫情就是命令，防控就是责任。面对疫情，在以习近平同志为核心的党中央坚强领导下，各级党组织和广大党员干部、医务工作者全面落实联防联控措施，构筑起群防群治的严密防线。人民军队奋勇支援，无数"逆行者"挺身而出，全国人民守望相助，坚决打赢这场疫情防控阻击战。同学们，你们身处疫情最前线，近在咫尺的担心、恐惧和焦虑，我们感同身受。但请你们相信，你们并不孤单，全国人民和全体西音人都在为你们加油鼓劲。希望你们听从指挥、严于律己，切不可因大意而放松警惕，要按照学校统一安排，不提前返校，在家做好隔离防护工作；要坚定信心，保持乐观心态，保护好自己和家人，坚信在党中央的坚强领导下，我们一定会打赢这场战役。

希望你们守于心，临危不乱不盲从。当前，疫情防控到了最关键阶段。近几天，全国确诊病例和湖北以外各地的疑似病例人数均有较大增幅，学校正在按照陕西省突发公共卫生事件Ⅰ级应急响应要求，严防严控、不留死角，全力维护校园稳定和教职工生命安全。作为身处重灾区的你们，这种压力更是可想而知。你们或许正为汹涌而来的疫情通报感到揪心难安，或许正焦急难耐地等待着开学的讯息，又或许你们的亲朋家人已经冲锋在直面病毒的前沿阵地，承担着守护生命的重任。但请你们不要恐慌，多听听党中央的声音，自觉做科学的传播者、谣言的粉碎者、健康的守护者、家庭的关爱者。同学们，只有自己先保持坚强和镇定，才有足够的精力对同胞喊"加油"。你们安好，家人才安心，老师们才放心。如果你们有身体不适、心理压力或其他急需帮助的问题，请随时联系辅导员老师，学校将竭尽所能地支援和帮助大家。

希望你们游于艺，自我提升增才情。这场始料未及的疫情让我们都自动成了"宅男""宅女"。今年的假期，终于能静下来做点早该做的事情了。在练琴、练功、练嗓的同时，希望你们"宅"有文化，研读一本好书，学一门线上课程，看几场名师讲座视频，足不出户获得多元知识。希望你们"宅"懂生活，制订一份名厨养成计划，完成每日一小时室内锻炼，感受一场卧室影院的戏里人生，始终保持积极的生活学习状态。这场疫情让我们有了充足的时间在平静生活中陶冶情操，在经典文学中增加才情，这是一次十分难得的充电机会，让我们把"乐音至善"的校训化为实际行动，不断增加自己的艺术修养和文化素养，努力做到"腹有诗书气自华"。

亲爱的同学们，请你们抬眼望望窗外，我们相信，在大家共同努力下，阴霾风雨终会过去，这场战斗必将胜利！待校园春天的梧桐树冒出嫩绿的新

叶,期待各位同学平安健康归来,为庚子年的西音播下新的希望!

同袍同泽,与子偕行。众志成城的战"疫"中,西音学子一个都不掉队、一个都不能少!

最后,再次祝大家及家人身体安康、万事如意!

西安音乐学院　党委书记　张立杰
　　　　　　　院　长　王　真
2020 年 2 月 7 日

致西美学子的一封信

亲爱的西美学子：

见字如面，祈愿安好。

庚子岁首，新冠肺炎病毒突现荆楚大地并快速蔓延侵袭。面对严峻的疫情，党中央和国务院高度重视，迅速启动了突发公共卫生事件应急响应机制和防控措施，一时间举国齐动员，全民皆响应，一场声势浩大、波澜壮阔的疫情阻击战全面打响！

1月27日，中共中央总书记、国家主席、中央军委主席习近平作出重要指示，并特别强调要紧紧依靠人民群众坚决打赢疫情防控阻击战，就此向全党、全军、全国发出了抗击疫情动员令。人民解放军和全国多省区的医务工作者除夕之夜和新春期间驰援湖北武汉，海内外华夏儿女和国际友好人士倾力相助，各省市自治区及市县镇村全面落实联防联控措施，共同构筑起群防群治的严密防线。近日来新发人数和患者病亡率逐步下降，治愈率持续提升的喜讯不断传来，疫情扩散蔓延态势得到有效遏制并向好的方面发展。

在这场疫情防控战斗中，学院党委坚决贯彻落实党中央、省委决策部署，扎实巩固"不忘初心、牢记使命"主题教育成果，注重加强统一领导、统一指挥和统一行动，及时成立学院疫情防控工作领导小组，团结带领全院广大教职工按照"坚定信心、同舟共济、科学防治、精准施策"的总要求，科学研判防控形势，精准把握疫情动态，严格落实管理措施。学院领导班子成员、各系处负责同志坚守岗位、靠前指挥，切实做到守土有责、守土担责、守土尽责。基层党组织和广大党员充分发挥战斗堡垒作用和先锋模范作用，有许多党

员、干部挺身而出，踊跃报名参加学院疫情防控工作，英勇奋战在抗击疫情一线，为确保学院"零感染""零报告"作出了突出贡献。同时，西安美术学院广大师生在学院党委的号召和倡议下，积极投入到以"防控新冠肺炎"为主题的艺术创作活动中，他们用画笔记录战斗在抗击疫情最前线的英雄形象，用图文传播科学规范的防控知识，创作出大量以抗击疫情为题材的艺术佳作，既传达出广大师生对奋战在抗疫一线勇士们的敬意和真挚情感，又充分发挥出文艺作品的重要价值和引领作用，为全国疫情防控工作增添了新的动力。

此时此刻，我真诚期盼远在故乡的各位同学，遵守疫情防控期间各类管控措施，自觉做遵纪守法的好公民，做顾全大局的好青年，做孝敬尊长的好儿女，做勤劳勤勉的好学生。真诚期盼你们莫负光阴不庸碌，珍惜青春吐芳华，善做时间的主人，做到"停课不停学"，在家中打磨创作技艺，雕刻艺术理想，并及时通过学院发布的线上课程参与学习活动，确保最大限度降低疫情对学业进度造成的不利影响。真诚期盼你们在当前的网络信息中，具备明辨是非曲直、甄别不良不实信息的能力，不信谣不传谣，积极发挥专业特长，用精品佳作宣传党、国家和人民为抗击疫情所作的不懈努力和巨大贡献。

亲爱的同学们，当前的疫情防控形势依然严峻，请你们切勿放松警惕，务必持续做好个人防护，加强日常健康监测。如遇困难需要协助，请及时向所在院系反映，母校时刻关爱着每一位同学，母校永远是你们坚强的后盾！我们要始终坚信，在党中央的坚强领导下，在全国各族人民的通力协作下，在广大医疗卫生工作者的勇敢奋战下，我们必将凝心聚力，众志成城，完全夺取这场疫情防控阻击战的最终胜利！

西安美术学院　党委书记　李智军
　　　　　　　院　　长　郭线庐
2020 年 2 月 10 日

待春暖疫去　盼你平安归

亲爱的同学们：

新冠病毒的肆虐让原本举国同庆、张灯结彩的新春佳节变成了全国的疫情大考。各行各业无数人无私奉献，拳拳爱国之心感人肺腑。在抗击疫情的战役中，我们都无法置身事外，每一个西体人都在用自己的实际行动为战"疫"作贡献。

抗击疫情，我们众志成城。按照中省有关决策部署，学校党委第一时间成立防控新冠肺炎疫情工作领导小组，防控办公室与六个工作组以广大师生的健康为己任，把初心写在行动中，把使命烙在岗位上，履职尽责，守校园平安。目前，防疫形势依然严峻，学校会尽全力做好校园疫情防控工作，我们众志成城，共战疫情，共渡难关。

抗击疫情，我们携手并肩。同学们，在这个特殊时期，希望你们能响应国家号召，发扬西体精神，提高安全防范意识，努力做到以下几点：

一是坚定战"疫"信心。 要密切关注国家及当地政府、卫生防疫部门和主流媒体发布的权威疫情信息，相信科学，理性应对，及时掌握疫情防控要领，积极配合所在社区及学校疫情防控工作要求，及时与老师保持联系，填报各种信息统计表，坚定战胜疫情的信心。

二是传播科学信息。 积极通过微信、QQ等网络渠道，学习宣传新冠肺炎的科学防控知识，遵守学校倡议书要求，履行西体人的承诺，尽量不出行，坚决不串门、不聚会。争做卫生、健康、文明的传播者，坚决不造谣，不信谣，不传谣。

三是保持身心健康。养成良好生活习惯，合理安排作息时间，保证睡眠充足，适度进行体育锻炼，增强身体免疫力。为帮助师生缓解和降低因疫情引发的心理困扰，学校开通了心理咨询热线与网络心理辅导QQ群，希望大家保持理性、冷静、平和的心态。

四是合理安排学习。希望大家充分利用学校及社会各种网络平台学习资源，合理制订学习计划，师生线上互动，教学相长，停课不停学，做到"充好电、不断线"。

抗击疫情，我们不忘初心。同学们，困难是对成长最好的磨砺。疫情当前，无数人在一线的默默付出，让我们更加懂得胸怀家国，更加懂得珍惜生命，更加懂得心怀感恩，不忘学生本职，不忘学习初心。同学们，隔离病毒，但绝不隔离爱，疫情防控期间，学校通过校园网、微信、微博等新媒体平台第一时间推送各类相关信息；同学们，我们会与你们携手并肩，我们会为你们竭尽全力！让我们与祖国同命运，与人民共患难，相信你们一定能肩负起新时代赋予的使命与责任！让我们许下承诺，待春暖疫去，你们整装出发，我们如约相聚，西体等你回家！

西安体育学院　党委书记　黄道峻
　　　　　　　院　　长　朱元利
2020年2月10日

让我们在党的坚强领导下共克时艰

亲爱的同学们：

在举国欢庆、万家团圆之际，祖国遭遇了新冠肺炎疫情，且发展态势日趋严峻，包括陕西省在内的很多省份已启动突发公共卫生事件Ⅰ级应急响应，一场疫情防控阻击战骤然打响。

疫情发生以来，在以习近平同志为核心的党中央坚强领导下，全国上下全力奋战、英勇奋战、团结奋战，形成了全面动员、全面部署、全面防控的工作局面。湖北特别是武汉的广大党员、干部、群众积极响应党中央号召，坚定信心、顾全大局、顽强斗争。全国各地秉承中华民族"一方有难，八方支援"的优良传统，组织医疗队前往湖北支援。人民解放军指战员发扬大无畏的革命精神，闻令而动，不怕牺牲，攻坚克难。在全国各地，在各级党组织的领导下，防控工作有力开展，防控措施有力推进。疫情发生以来，地不分南北，人不分老幼，全国上下凝聚起万众一心、众志成城抗击疫情的强大力量。

明知征途有艰险，越是艰险越向前。危难时刻，我们看到，中国共产党的旗帜高高飘扬在大江南北，广大党员、干部冲在一线，团结带领群众心往一处想、劲往一处使，用血肉之躯筑起了一道道防疫抗疫的钢铁长城。面对肆虐的疫情，共产党员、84岁的中国工程院院士钟南山一边告诉公众"尽量不要去武汉"，一边自己却登上了前往武汉的高铁。武汉市金银潭医院党委副书记、院长张定宇身患渐冻症，妻子被感染，但他仍然奋战在抗疫第一线，他说："我必须跑得更快，才能从病毒手里抢回更多的病人。"空军军医大学西京医院重症医疗队副组长宋立强主动请缨，带头参加支援湖北抗疫医疗队，奔赴武

汉救援一线,每天从清晨 7 时工作到深夜 12 时,在给女儿的回信中说:"作为一名共产党员,我义不容辞;作为一名白衣战士,我义无反顾。"疫情发生以来,党中央一声号令,成千上万的党员干部、医护工作者和解放军指战员奔赴抗疫最前线。他们有的主动请战,到疫情最严重的地方去;有的主动顶上去,坚守在战场;有的被感染了,治愈后再次选择"披挂上阵"……正是他们营造了万众一心阻击疫情的舆论氛围,展现了全国各族人民坚定信心、同舟共济的坚强意志,凝聚起众志成城、共克时艰的强大正能量。

  同学们,学问只有写在大地上才对得起养育我们的人民,事业只有扎根于我们脚下的土地中才能永葆青春。我们开设思想政治理论课的根本目的,就是要让大家真正认识到谁在为人民幸福舍身赴死,谁在为民族复兴奋勇前行;就是要让广大青年明辨是非曲直,体会时代精神。因此,在疫情期间,我们除了开设思想政治理论课的网络直播之外,也真诚地希望同学们时刻关注疫情发展,积极响应党的号召,在保证自身安全的前提下为抗击疫情贡献自己的力量,用亲身经历体会习近平新时代中国特色社会主义思想的科学性,体会中国特色社会主义制度的优越性,体会中国共产党作为当代中国的领导核心是历史和人民的正确选择。

  大事难事见担当,危难时刻显本色。在疫情防控的严峻时刻和关键时期,让我们在党中央的坚强领导下,万众一心,众志成城,发奋学习,共克时艰,早日打赢这场看不见硝烟的人民战争!

  祝同学们学习进步、阖家安康!

宝鸡文理学院　马克思主义学院全体思政课教师
2020 年 2 月 12 日

同心战疫情　春暖花定开

亲爱的咸师学子们：

2020年的春节，是一个特殊的春节。一场突如其来的新冠肺炎疫情席卷中华大地。全国人民在以习近平同志为核心的党中央坚强领导下，万众一心、众志成城，正在经历一场看不见硝烟的疫情阻击战。

疫情当前，学校党委高度重视，第一时间部署，认真贯彻落实习近平总书记关于疫情防控工作的重要讲话和批示指示精神，扎实落实党中央、国务院各项决策部署和陕西省委、省政府的工作安排，成立学校新冠肺炎疫情防控工作领导小组，全力抓好疫情防控工作。学校各部门上下联动、齐心协力，一方面加强防控知识宣传，及时发布信息，提升全体师生的防控意识；另一方面加强防控措施跟进，严格门禁管理，对进出校门人员进行体温测试、要求戴好口罩；对省（境）外返回人员严格实施14天在家隔离等措施，筑牢校园安全防线，确保学校疫情防控工作科学有序、严格细致。

虽然你们在家休假，但学校领导和老师一直记挂着你们，通过各种渠道了解你们的情况，关心着你们的身心健康和生命安全。在这样一个特殊的时间，我们真诚地希望大家谨记以下几点，共同努力，为打赢这场疫情防控阻击战作出我们的贡献。

一要保持科学理性的心态，正确对待疫情。 新冠肺炎疫情突如其来，病毒蔓延肆虐，每个人都存在思想上准备不足的情况，但同学们绝对不能过度紧张。要及时关注各级政府及卫生防疫部门发布的权威疫情信息，科学理性看待网上传播的相关信息，不信谣，不传谣，理性对待，消除心理恐慌；要相信党和政府，相信中国人民的智慧和能力，正如习近平总书记所说："我们有信心、有能力、有把握打赢这场疫情防控阻击战。"

二要遵守各级政府的防控规定，做好自身防护工作。同学们要自觉遵守《中华人民共和国传染病防治法》《突发公共卫生事件应急条例》等相关法律法规，主动配合、坚决服从当地政府和社区的管控措施，尽量做到少出门、不聚会、勤洗手、戴口罩，自觉做好自己和家人的防护工作。养成良好的生活习惯，坚持锻炼增强体质，提高自身免疫力，构筑群防群治严密防线。

三要自我调节，缓解紧张焦虑情绪。长时间"宅"在家里可能会出现烦躁、焦虑的情绪，这就需要同学们学会安排生活，加强自我调节。一定要保证规律的饮食和睡眠，可以通过电话、视频聊天等方式跟家人和朋友保持联系，与朋友远程一起锻炼，多思考自己可以从这段经历中获得什么有价值的人生体验等，转移注意力，减缓恐惧和焦虑。学校成立了网络心理援助志愿者服务队，通过 QQ 网络平台为同学们提供心理辅导，大家可以进行线上咨询，提升心理素质和心理免疫力。

四要严守纪律，"停课不停学"。当前，全国疫情防控到了紧要关头，更需要同学们咬紧牙关，认真履行好防控义务。在学校开学时间推迟的情况下，努力做到"停课不停学"，自觉利用学校、社会各种网络平台线上资源开展自主学习，不因疫情影响个人对知识的渴望。要保持信息畅通，留意学校相关工作安排和各类通知，在未收到学校通知前不要提前返校，努力做疫情防控排头兵。

若道残冬不是春，东风必定送春来！同学们，天虽尚寒，心已向暖，春天的到来定能够驱散疫情的雾霾。让我们紧密团结在以习近平同志为核心的党中央周围，坚定信心、共克时艰，在党中央的坚强领导下，在各级党委、政府和全国人民的共同努力下，我们终将战胜疫情，我们的祖国、家园、校园定会繁荣昌盛、欢歌笑语、书声琅琅！祝愿同学们身体健康、学业进步、阖家幸福！

咸阳师范学院　　党委书记　赵万东
　　　　　　　　　院　　长　舒世昌
2020 年 2 月 14 日

击碎百丈寒冰　共待山花烂漫

亲爱的渭师学子：

庚子新年是一个不同寻常的新年，新冠肺炎疫情牵动着我们每个人的心，大家都在经历着有生以来未曾经历过的艰难时刻，此时的你、我、他心中都有一个共同的目标：听从指挥，居家坚守，共抗疫情！

抗击疫情，我们要充满信心，齐心协力，阻抗疫情，全校上下坚决贯彻落实党中央决策部署。此刻的渭师人或冲锋在前，或保障在后，或鼓劲加油，或居家坚守，大家正同心勠力，共克时艰。学校积极把中省疫情防控文件精神融入思想政治课网络教学，发布科学防疫知识，开通网络心理辅导，推出居家健身视频，倡导同学们每日读书、练字、健身打卡、线上学习。

抗击疫情，我们要增强意识，科学防控。同学们每日要按时、按要求向辅导员上报身体健康情况，每日做到自检自测，密切关注自己和家人的身体健康。要实时掌握疫情动态，认真学习疫情防控知识，不断提高自我防护能力；同时，大家还要积极向家人宣传和科普正确的疫情防控措施，科学防控疫情。面对疫情信息，科学分析，理性对待，不信谣、不传谣、不造谣。

抗击疫情，我们要尽己所能，出力献策。"天下兴亡，匹夫有责。"疫情当前，同学们要在科学防控、保护好自己的前提下，发挥自己所学和专业特长，积极参加所在社区和村委会的疫情防控志愿服务工作。你们的学长——人文学院2006级广播电视学专业毕业生、央视记者张鹏军勇做"逆行者"，一直奋战在疫情防控宣传工作一线，他的事迹被全校师生点赞和学习。

抗击疫情，我们要自我督促，加强学习。请同学们遵守疫情防控纪律要

求，不要提前返校。在延期开学期间，学校将组织线上教学，停课不停学，同学们要听从学院线上教学工作安排；毕业论文（设计）将通过中国知网管理系统进行网上指导；实验课、技法课及见习实习等将在大家返校后进行。居家防疫的日子里，同学们要科学合理利用时间自主学习、博览群书、修身养性。

抗击疫情，我们要知法懂法，保护生态。 面对新冠肺炎疫情的发生，我们大家要学会反思，痛定思痛。同学们要积极学习疫情防控的有关法律法规，特别是《中华人民共和国野生动物保护法》等。面对疫情，我们每个人要坚守道德底线，尊重自然法则，要有敬畏之心，拒吃野味，与动物和谐共生。同时，我们每个人要做环保卫士，要认识到保护生态环境就是保护我们人类自己。

同学们，越是危难时刻，我们越要凝聚强大力量；越是艰难困苦，我们越要挺起不屈脊梁。让我们在以习近平同志为核心的党中央的坚强领导下，坚定信心，同舟共济，坚决打赢疫情防控阻击战！击碎百丈寒冰，共待山花烂漫！

冬将尽，春可期，愿山河无恙，人间皆安！

非常时期，衷心祝愿每一位同学及家人身体安康！

春暖花开，我们渭师相见！

渭南师范学院　　党委书记　卓　宇
　　　　　　　　　院　　长　赵　曼
　　　　　　　　　2020年2月12日

铭记校训　玉汝于成

亲爱的同学们：

新春万安！

春节，本应该是中华儿女千家团圆、万民欢庆的节日。然而，2020年初的新冠肺炎疫情暴发于江城，短短十几日肆虐全国，疫情险恶，武汉封城，全民"禁足"。没有张灯结彩，没有锣鼓喧天，有的只是清冷空阔的街道上寥寥可数的戴着口罩、包裹严实的人，一场没有硝烟的抗疫战争正在中华大地上进行。党中央精准施策、联防联控，全国人民万众一心抗击疫情。我校根据上级指示，第一时间召开了防疫专项工作会议，提出防疫抗疫方案，上下一心，为打赢这场疫情阻击战做好充分准备。全体职工开启"隔空工作"模式，辅导员、班主任第一时间与同学们取得联系，给予关怀。我们每日整理汇总数据，期盼收到的都是"平安"。

同学们，从小生活在这片和平安定、发展繁荣的土地上，你们从未体会到国歌里唱的"中华民族到了最危险的时候，……我们万众一心，冒着敌人的炮火前进"的紧迫，但是今天，当一个个冰冷的数字在每日疫情通报上出现的时候，当一个个倒下的身影在视频中播放的时候，"宅家禁足"的你们或许会感到恐慌和无助；但当我们看到各种"不计报酬、不计生死"的凛然大义，看到医护人员和人民子弟兵的最美逆行，看到"青年突击队"奔赴现场，攻坚克难，看到各行各业的青年写下"请战书"的时候，我们又想要冲出藩篱去做点什么。亲爱的同学们，你们有这样的想法，我们完全能够理解，因为在这场举国抗"疫"的战役中，人人都是参与者，都是战士，但未必所有的战士都

需要上战场。作为后备军的我们守住大后方，坚决把敌人隔绝在外才是我们的首要任务。在此，作为你们的校长，我希望全体同学在这场战役中，能顾全大局，听从指挥，做到以下"五要"：

一要科学防疫，勇于担当。当前疫情仍在蔓延，正处于防控关键期，保护好自己，不让关爱我们的人揪心，就是对他人生命安全的负责，就是对一线医务人员的宽慰，就是在为这场战"疫"作贡献。沧海横流方显英雄本色，危急之时唯见担当使命，每一位同学都牵系一个家庭，每一个青年应担当一份使命，作为当代大学生，面对各路信息、各种言论、各方说法，心有定而不慌，行有循而不乱。有效管理自我情绪，科学甄别各类信息，既不侥幸也不恐慌，既不偏激也不冷漠，我们要积极了解科学防疫知识，通过各种渠道，自觉做科学的传播者、谣言的粉碎者、健康的守护者、家庭的关爱者。

二要隔离病毒不隔离爱，筑牢防疫防线。同学们，要相信疫情的阴霾挡不住爱的阳光，虽然我们不能肩并肩，但是我们能心相连，我们隔离病毒，但不隔离爱。学校会把关爱送给家在疫情严重地区的同学，也希望同学们能够传递同学之爱。学校的心理援助热线也为需要帮助的同学开启，让我们在非常时期，隔空携手，共渡难关。同学们，目前疫情信息披露越来越多，我们不必杯弓蛇影、过度恐慌，但也不可轻忽懈怠、充耳不闻。每个人都要绷起预防这根弦，建立预防意识。目前正值返工复工阶段，不去人员密集的地方，最大程度减少风险。未收到学校官方收假通知前，同学们切不可私自返校，也要劝说身边的人加强防范，切不可掉以轻心。同时我们要知道人类与大自然唇齿相依，我们要敬畏自然，善待生命，远离野味，从各个方面筑牢防疫防线。

三要知恩感恩，声援"逆行者"。在疫情肆虐的疾风中，有这么一些人，他们走进黑暗去找寻阳光，靠近阴霾去探索出口，他们同团圆相背，走在同疫情抗击的一线。我们不曾知晓他们每个人的姓名，未曾见过他们每个人的面容，但他们"排国难于危急，救民众于水火"，值得我们所有人铭记。他们就是这场战役的"逆行者"，他们灿若明星，和若春风，为我们带来光明和力量。因为他们，我们不怕。因为他们，我们懂得大爱无疆。他们逆行的身影，将是同学们铭记最深的礼物。我们不能和他们并肩作战，但我们可以为他们加油鼓劲，和他们的家人一起为他们祈求平安。

四要铭记校训，玉汝于成。同学们，知识在这场战"疫"中起着举足轻重的作用，相信每个人都对84岁的钟南山院士肃然起敬。当各种消息漫天飞时，钟南山院士的每一次讲话都如"定海神针"，稳住大众的心，靠的是他对人民的爱，以及他渊博权威的专业知识；李兰娟院士带领她的研究团队与病毒赛跑，她说："我的城市病了，但我们会治好它。"靠的是她对自己团队的信任，以及拥有相关知识的底气。还有那些临危受命、奋不顾身奔赴一线的广大医护人员，日夜坚守，用专业和责任架起了生命的桥梁，竖起一道健康的屏障。这让我们懂得，学习知识可以"为天地立心，为生民立命"；知识可以稳定人心，可以治病救人；就算做一个普通人，知识也可以让我们多一些理性的思考和判断。"万物得其本者生，百事得其道者成"，希望同学们在这个最长寒假，合理规划时间，认真学习科学理论知识，多读书，读好书，悟根本，得真道，待春暖花开，复返校园。请同学们牢记我们"励志笃学、惟实尚能"的校训，在疫情期间，充实自己，夯实基础，提升能力，为将来立足立世做好充足的准备。

五要相信中国力量，铭记中国精神。同学们，在这场战"疫"中，我们看到84岁高龄的钟南山院士再次挂帅出征、无数医护工作者舍身忘己地治病救人、无数科研工作者通宵达旦地研制药物、无数人民子弟兵披星戴月地奔向疫区、无数基层公务员宵衣旰食地将防疫工作落实到户到人、无数志愿者请愿参加战斗、无数民众自发捐款捐物、火神山医院和雷神山医院迅速建成、海外侨胞分批分次源源不断地捐赠物资，我们看到在灾难面前，中国人民将中国速度、中国规模、中国效率又一次汇聚成强大的中国力量，这股强大的中国力量以磅礴之势向我们涌来，让我们相信这股强大的中国力量终将帮助我们赢得战争的胜利。村上春树在《海边的卡夫卡》中写道："暴风雨结束后，你不会记得自己是怎样活下来的，你甚至不确定暴风雨真的结束了。但有一件事是确定的：当你穿过了暴风雨，你早已不再是原来那个人。"是的，当疫情结束，希望每一位同学都可以铭记中国力量，传承一方有难、八方支援及众志成城、不屈不挠的中国精神。

同学们，有一种使命叫不忘过去，创造未来。在人类的历史长河中，我们的先辈们在一次次的抗争中克服困难、吸取教训、总结经验，那些肆虐的霍乱、鼠疫、天花就是在人类交互迭代的智慧中被一一攻克的。今天，我们接受教育，就是为了将来去解决人类遇到的新困难，迎接新挑战，相信经此一"疫"，你们一定会成长起来。有人说，2003年非典期间，全世界在守护"90后"。2020年，"90后"在守护全世界。那么将来成长起来的"00后"，一定可以成为我们可以依赖的中流砥柱。

同学们，待阴霾散去，塞上春花烂漫、柳吐嫩黄，我们在沁园等你们生机勃勃、光芒万丈地归来。

榆林学院　　党委书记　许静洪
　　　　　　院　　长　许云华

2020年2月12日

巍巍秦岭难阻牵挂

亲爱的荆楚学子：

庚子年新春佳节，本应是欢乐祥和的美好时刻，一场突如其来的疫情却肆虐于荆楚大地，牵动着亿万人的心。特别是身处疫区中心的荆楚学子，你们的身体健康与生命安全，时刻牵动着学校与全体师生的心！

商洛学院的 62 名湖北籍同学，在这样一个不同寻常的春节寒假里，你们和家人、亲友们一道，舍小家为大家，全力抗击疫情，以实际行动践行着"自强不息、止于至善"的商洛学院精神。在此，我们代表全校师生员工向战斗在疫情防控第一线的湖北人民表示崇高的敬意！向全体荆楚学子和你们的家人表示亲切的慰问和诚挚的祝福！

当前，全国各地正在党中央的坚强领导下，齐心协力防控疫情蔓延，紧急驰援湖北。在这场没有硝烟的战争中，我们每个人都是战场上的一员。在这个特殊的时刻，你们一定要保持镇定，相信党和政府，相信中华民族面对危难所迸发的伟大力量。只要我们万众一心、众志成城抗击疫情，这场没有硝烟的阻击战一定能够取得伟大胜利！

这次疫情是对我们大家的共同考验，也是对你们成长成熟的一次历练。希望你们理性思考、科学应对，以大学生应有的科学素养和新时代青年的担当精神，积极响应国家和地方政府的号召，正确认识疫情防控工作，不造谣、不传谣、不信谣，尽自己所能为祖国贡献力量。

希望你们保护自己，关爱他人，熟练掌握新冠肺炎的预防知识，与家人一同做好防范和保护措施，及时关注官方渠道和权威媒体的疫情通报，积极配合

地方政府、社区全力阻止疫情蔓延。在抗击疫情的同时,也要自觉抓好学习,养成良好的生活习惯,为返校之后的学习生活和个人未来发展打下良好基础。

希望你们始终保持与学校的紧密联系,及时关注学校官方网站、微信公众平台和"易班"工作站推送的各类信息,及时向辅导员报告自己的身体情况。如果有身体不适、心理压力或其他问题,请第一时间联系我们,学校将竭尽全力,敞开最温暖的怀抱为大家提供帮助。

"青山缭绕疑无路,忽见千帆隐映来。"商洛学院的62名荆楚学子,巍巍秦岭阻隔不了学校对你们的牵挂,泱泱丹水传送着全校师生员工对你们的思念。学校和全体师生始终关注着你们,也期待你们早日平安返校!

最后,再次祝愿全体荆楚学子和你们的家人身体健康、平安幸福!

商洛学院　　党委书记　龙治刚
　　　　　　院　　长　范新会
　　　　　　2020年1月30日

冬已尽 春日盛 共迎曙光

亲爱的同学们：

突如其来的新冠肺炎疫情，让这个寒假变得不同以往。面对无情的疫情，全国人民正紧密地团结在以习近平同志为核心的党中央周围，全力奋战、英勇奋战、团结奋战，以无比坚定的信心和勇气坚决打赢疫情防控阻击战！

疫情就是命令，防控就是责任。在这场人民抗击疫情的保卫战中，人人都是参与者，更是奋战者。疫情发生以来，学校坚决贯彻落实习近平总书记重要讲话精神和上级防控的相关要求，把师生生命安全和身体健康放在第一位，坚持依法防控、联防联控，把各项防控措施做得严而又严、细而又细、实而又实，全力以赴打赢疫情防控阻击战。各职能部门、二级学院严格落实上级有关部署和学校工作方案要求，把疫情防控工作作为当前最重要的工作来抓，以更坚决的态度、更严格的举措确保各项具体要求落实到位。疫病无情，人间有爱，广大师生用实际行动情系病患、致敬英雄，美术学院学生用画笔生动描绘了战斗在疫情一线人员的感人情景，音乐学院、马克思主义学院、文学院师生通过音乐和诗歌朗诵的形式为抗击疫情加油鼓劲，后勤集团、保卫处工作人员以高度的责任感和使命感战斗在学校防控疫情的一线。学校各级党组织和广大党员干部积极响应学校党委号召，充分发挥党组织战斗堡垒作用和党员先锋模范作用，让党旗在学校防控疫情斗争第一线的上空高高飘扬。

作为新时代的大学生，你们必须主动肩负起时代赋予的责任和使命，切实遵照《教育部致全国大学生的一封信》的要求，自觉遵守各级政府有关疫情防控的部署，严格执行学校下发的各项通知和规定，努力做一名科学防控知识

的主动宣传者，做一名正确防控措施的坚定执行者，做一名不畏时艰勇于担当的示范者，用实实在在的行动诠释陕师院大学生志存报国的优秀品格和时代风采。疫情无法阻拦同学们对于知识的渴望，希望同学们无论在何地，在做好疫情防护的前提下，通过各种形式做到"停课不停学"，让学校、老师和家长放心。陕师院的春天静待同学们平安归来！

同学们，思想统一，我们就能众志成城；行动一致，我们就能渡过难关。我们坚信，有党中央的坚强领导，有科学防疫的强力支撑，有每位个体的自觉参与，战胜疫情指日可待，共迎曙光来日可期。

陕西学前师范学院　　党委书记　付建成
　　　　　　　　　　院　　长　邵必林
2020 年 2 月 12 日

待疫情过　看神禾古塬　陌上花开

亲爱的同学们：

在举国上下众志成城、共克时艰之际，我们以致信的形式向你们及你们的家人表示问候，送上平安健康的祝福！

己亥岁末，大家刚刚结束一年的辛苦学习，迎来渴望已久的寒假，准备回家与亲人团聚，共度新春佳节之际，一场始料未及的疫情彻底搅乱了大家即将启动的假期狂欢模式，往日繁华、沸腾的城市像被按下了暂停键，暂停了奔跑和喧嚣，道无舟车，万巷空寂，我们不得不戴着口罩迎来一个沉默的新年。这是一件憾事，我和大家一样感到遗憾！疫情暴发初期，被迫成为"宅男""宅女"的人们，隔空拜年时甚至还不忘调侃上一句"过上了躺在家里就可以为祖国作贡献的时刻了"。随着确诊病例数据的不断增长，自嘲式的调侃开始悄悄地被恐惧所替代，灰色的空气中流动着焦虑、焦躁和不安，我们开始进入了由"宅"到"熬"的模式切换。2020年的春天，我们感受着、承受着、忍受着"疫"惊"疫"乍所带来的种种难受。历史的经验告诉我们，成功都是熬出来的，诚如曾文正公所说，"凡事皆有极困极难之时，打得通的，便是好汉""熬过此关，便可少进。再进再困，再熬再奋，自有亨通精进之日"。熬不可怕，可怕的是要熬得住！

当前，我们与疫情的斗争已经进入了复杂的胶着期，也到了最难熬的时期。古语有云"行百里者半九十"，黎明前的黑暗最寒冷，越是最难熬的时刻，就越是最关键的时刻，也是越接近胜利的时刻，稍有懈怠就会功亏一篑。须知，身处逆境，苦熬能挺住；陷入危机，苦熬撑得起；适逢险阻，苦熬能过

关。只有熬得住,方能成大器。在此,我为前段时间大家的坚守表示由衷的欣慰。

同学们,一年之计在于春,在与病毒扎硬寨、打死仗的关键时刻,我们真诚地期望大家在最难熬也最关键的时期,能做到宅其身,明其志,守其心,抱道行。

截至目前,对抗病毒最实在有效的防范就是隔离。我们居住的每个社区都是采取"外防输入,内防扩散"这种最有效的方式,我们的家庭是最可靠的安全港,大家要一如既往地遵守政府、社区和学校的规定,自觉服从管理;在家里,要持续做好家庭环境卫生,把消毒工作做到极致,但要切记消毒用品的使用安全。此宅其身也!

现在,全国上下一盘棋,医无私,警无畏,民齐心;政者,医者,兵者,扛鼎逆行勇战;商家,名家,百姓,饭圈,友邦,慷慨捐资。我们坚信:在党中央的坚强领导下,我们一定能遏制住疫情扩散蔓延的势头,坚决打赢疫情防控的人民战争、总体战、阻击战,还中华大地春光一片,乐奏万方。此明其志也!

树心中空者易折,人心不静者易乱。闭门禁足,久则易躁,守心为上。在大家还没有掌握相关医学知识和专业技能阻击疫情时,保护好自己,千万不能让关爱我们的人操心;"事不避难,义不逃责",要善于通过网络,像腊林涛、杨可欣、贾博涛等培华学子那样积极通过公益在线形式,力所能及地凝聚起支援战"疫"的正能量,不要让奋战在抗疫前线的"逆行者"们分心;在众声喧哗中,切记要保持理性和冷静,不信谣,不造谣,不传谣,一切听官媒的宣传,绝不能让网络杂音乱了人心。此守其心也!

同学们,成功须向事中磨,艰难困苦玉汝成。这场疫情再次启示我们,个人命运始终与国家命运紧紧相连,我们始终是不可分割的命运共同体;这场疫情也必将启示我们,没有一场灾难不以历史的进步为补偿,经历了这场战争的我们定会更深切地体会到"为中华之崛起而读书"的厚重力量,大家一定能

在今后的学习和工作中更加奋勇而勤勉,用平生所学,集聚民智,奋力实现中华民族伟大复兴的中国梦,此人生大道,民族正道也。此之谓抱道行!

面对学生,尽显根本。我们是以身示教的温暖关爱者。疫情防控是没有硝烟的战场,也是检验我校"以人为本"成效的大考场。疫情防控期间,学校将充分利用国家、陕西省及学校的优质在线课程教学资源,开展线上授课和线上学习等在线教学活动。相信大家既能理性抗击病毒、涵养健康心态,更能勤奋学习,学以致用。我们的每位老师将会深入和同学们密切联系,做到师生不见面,沟通不间断。同学们,你们已然成长,在疫情防控面前要学会沉着、明辨、勇敢、奉献,困难会让你们更加坚强。

同学们,冬将尽春可望,愿我们的祖国山河无恙、人间皆安康。待疫情过,我们盼着大家款款归来,登神禾古塬,看陌上花开!

西安培华学院 理事长 姜 波

2020 年 2 月 8 日

疫情面前 做好自己的英雄

亲爱的全体商院人：

展信佳。

一场突如其来的疫情让原本喜庆的春节少了颜色，把本该精彩纷呈的寒假变成"宅"字当先。

相信此时此刻，无论大家身在何方，都拥有同样的心情：担忧、焦虑、茫然。但大家要明白，面对困守和等待，我们不能总是"怨天尤人"，痛定思痛才是我们商院人该有的格局和担当。

抗击疫情是一场没有硝烟的战争，我们每一个人都是战士。我希望，每一位商院人都能经受住这场不期而至的考验，转化为爱国奉献、自强不息的行动，留下宝贵的精神财富！

这个"加长版"的寒假，让大家重新审视了自己的身份。我们国家遇到了前所未有的困境，大疫之下需要做的事情太多太多，作为一名中国公民，最基本的要求就是保持高度的自觉性和服从性，做好防护措施，照顾好自己和家人，不给祖国添乱。"天下兴亡，匹夫有责"是中华民族五千多年来的情怀，我们一定要服从党和国家的安排，服从学校的安排，坚定信心，在自己的岗位上发光发热，做好自己的"英雄"，展现中国力量！

这个"加长版"的寒假，更加考验了你们的自律。"不怕同桌是学霸，就怕学霸过寒假"。推迟开学并不意味着停学，假期延长也是考验大家自我学习、自我约束的能力。让自己静下来、沉下来，多读书、读好书，学会思考。疫情困住了你的身体，却能让你放飞灵魂。这个春节，很高兴在朋友圈看到你们很多人被"憋"成"大厨"，但更希望大家加强自我管理和规划，制订高效的学习计划，让生物钟正常回来——除了提升厨艺，还要自强不息，变身成"学霸"归来。

这个"加长版"的寒假，让大家有了更多的时间陪伴亲人。疫情无情，我们看到了很多让人悲痛的消息。一辈子很短，很多事情不要总是等有空才去做。我知道大家很期待重返校园，但我们晚点相见，大家陪伴亲人的时间就更久一些。我们要珍惜这段"闲暇"时光，守护家人，互相依靠，互相关爱。希望疫情快点过，亲情温暖慢点走。

亲爱的商院人，我和你们一样每天密切关注各种消息，关注疫情动向。商院人遍布五湖四海，此时此刻，我们虽然不在一起，但我时时刻刻牵挂着你们的健康。我想告诉大家：商院永远是你们每一个人的坚强后盾！

每一场灾难，无论你是亲历者还是旁观者，都是人生中一次残忍而肃穆的教育。疫情再长，也长不过我们的同舟共济；病毒再强，也强不过我们万众一心。

立春已过，万象更新。我们已经嗅到了春天的气息，我们也坚信一切都会好起来！

亲爱的商院人，希望这封信能在当下带给你们些许暖意，期待在美丽的校园与大家重逢！

衷心祝愿大家身体健康！

陕西国际商贸学院　董事长　赵　超
2020 年 2 月 5 日

待"疫"过 到渼陂湖畔 看交院锦绣春光

亲爱的同学们：

庚子年春，新冠肺炎疫情自湖北武汉席卷全国。20多天来，全国上下按照习近平总书记关于疫情防控"坚定信心、同舟共济、科学防治、精准施策"的总要求，同时间赛跑，与病魔较量，迅速打响了疫情防控的全民阻击战。目前，疫情防控形势处于"最吃劲"的时候，学校也在全力做好疫情防控工作。疫情无情人有情，此时，学校最牵挂的就是你们的健康和平安，无论你们身在何处，西交院都与你们同在。作为西交院的学子，要对国家打赢这场没有硝烟的疫情防控战充满信心，要主动担负起疫情防控责任，从我做起、从现在做起、从身边事做起，为打赢这场疫情防控战作出自己的贡献。

在这场没有硝烟的抗疫战争中，交院师生自觉践行"自强不息，修德载物"的校训，用不同的方式为抗疫战斗作着力所能及的贡献。我们欣喜地看到大批师生党员、团员践行初心使命，主动申请担任所在镇村社区志愿者，帮助当地开展一些疫情防控的基础工作；学校融媒体中心发布了多条学生自发录制的视频、手写祝福图片等内容信息，为武汉加油。

"疫情就是命令，防控就是责任。"希望大家坚定信心、听党指挥，遵照学校安排，遵守所在地区疫情防控的工作要求，保护好自己和家人，为最终打赢疫情防控阻击战作出自己新的更大的贡献。为确保大家的安全，学校决定延期开学，请大家务必不要提前返校。这既是抗击疫情的需要，也是保护大家健康安全的需要。学校将根据疫情发展和上级部署，合理确定开学和返校时间，并第一时间告知大家。

同学们，我们希望大家能保持耐心，做到思想上不掉队、行动上不放松，在家读书"充电"，确定学习目标和职业生涯规划，不断充实和提高自己。学校已经下发了"停课不停学"工作方案，从 2 月 24 日起以线上教学方式开展教学活动，请大家充分利用好线上课程资源，刻苦学习。我们还希望大家在家多陪陪家人，做做家务，加强沟通，向家人普及《中华人民共和国野生动物保护法》，告诉家人尊重自然法则，要有敬畏之心，拒吃野味，与动物和谐共生。同时，我们每个人要做环保卫士，要认识到保护生态环境就是保护我们人类自己，从而使得这个假期能在学习和融洽中变得祥和幸福。

现在，全国各地的 100 多支医疗队、上万名医务人员还在荆楚大地上奋战，还有 19 个兄弟省份对口支援除武汉外的湖北 16 个市州及县级市。我们希望大家坚定必胜信心，在疫情防控期间，听从指挥，令行禁止，关注权威信息发布，理性直面疫情，不恐慌、不焦虑、不信谣、不传谣、不造谣，以自身作则，为抗"疫"战斗的最终胜利作自己应有的贡献。

不忘初心、牢记使命。每天我们都在牵挂中、感动中度过，我们同全国人民一道为疫区百姓、"白衣天使"和抗击疫情一线的战士们的安危牵挂，被湖北武汉"壮士断腕""白衣天使""最美逆行""一方有难，八方支援""一省包一市，全国一盘棋"的大爱所感动，为货车司机、快递小哥坚持物资运输不停歇，为党员干部、社区群众坚持站岗值班不松劲，为共同筑起最美"逆行者"防护长城的感人事迹所震撼！

"青山缭绕疑无路，忽见千帆隐映来。""没有一个冬天不可逾越，没有一个春天不会到来。"我们坚信：在以习近平同志为核心的党中央的坚强领导下，在全社会的共同努力下，全国人民万众一心、众志成城、群防群控，必将战胜新冠肺炎疫情，打赢这场疫情防控阻击战！

同学们，南山毓秀、涝水泱泱，待到"疫"过天晴，到渼陂湖畔，看交院锦绣春光！

理 事 长 　张晋生
西安交通工程学院　党委书记　李博飞
院　　长　王志刚
2020 年 2 月 16 日

坚定信心战疫情　修己安人提素养

老师们、同学们：

大家好！

2020年初，一场突如其来的疫情牵动着亿万华夏儿女的心！面对复杂凶猛的疫情，你们的平安健康是我们最大的牵挂。在此，我们代表学校向你们及你们的家人致以亲切的问候和衷心的祝福，希望大家身体健康、平安无恙！

疫情发生以来，在以习近平同志为核心的党中央坚强领导下，全国上下全力奋战、英勇奋战、团结奋战；全国各地医疗队、解放军医疗队源源不断驰援武汉，成为最美"逆行者"；火神山、雷神山、方舱医院的建筑队伍以"中国速度"为生命筑巢；各级党组织和无数共产党员前赴后继坚守在抗疫一线；社会各界和港澳台同胞、海外侨胞慷慨解囊，捐款捐物，"一方有难，八方支援"，14亿人民心往一处想，劲往一处使，举国凝聚起共同抗击疫情的磅礴力量。近日，湖北以外地区新增确诊病例明显下降，全国治愈出院人数在不断增加，防控工作取得了阶段性成果。然而，随着复工复产以及下一步复学等人员流动的新变化，全国疫情防控任务仍然十分严峻，我们切不可掉以轻心。

面对疫情，学校坚决贯彻落实党中央、国务院的决策部署，按照教育部和省委教育工委、省教育厅的要求，树牢"生命重于泰山，疫情就是命令，防控就是责任"的意识，把师生的健康和安全放在首位。学校迅速成立新冠肺炎疫情防控工作领导小组，下设"一办九组"，制订"四案八制"，确保防控工作有力、有序和周密开展。全校各级党组织切实履行主体责任和工作职责，迅速进入"战时状态"，为打赢疫情防控阻击战发挥了积极作用。党员彰显"一名党员就是一面旗帜"的先锋模范作用,将疫情防控作为"不忘初心、牢记使命"主题教育常态化的重要实践。同学们也以各自的方式投入到战"疫"中,几十位同学制作视频短片、绘画作品和宣传海报,为武汉加油,为中国加油;有的同学加入志愿者队伍,参与信息统计和隔离防控工作;有的同学捐款捐物,为湖北施以援手;所有同学,坚持每天向学校报送健康信息。你们用实际行动诠释了西汽人的弘德精神,彰显了新时代青年的责任与担当。

按照"停课不停学""延期返校、如期开课"的原则,学校变被动为主动,化挑战为契机,相关部门和各学院积极着手谋划,老师们克服各种困难,为在线教学做了大量准备。目前,在"智慧树""超星尔雅"平台开设124门优质课程,平台自开课以来访问量已达261 600人次。我们要特别感谢我们的老师,正是你们的全力以赴、悉心准备,才让五湖四海的西汽学子有机会相约线上学习。

疫情当前,纸短情长,在这里要向你们提三点希望:

一是坚定信心,共渡难关。我们最大的信心来自以习近平同志为核心的党中央坚强领导,来自中国特色社会主义制度的优势。在党中央坚强领导下,全国勠力同心,坚决打赢疫情防控阻击战,充分体现了我们的制度优势、组织优势和密切联系群众优势。实践已充分证明,只要我们不折不扣贯彻落实好党中央的决策部署,就没有过不去的坎,就没有战胜不了的困难。我们要提高政治站位,切实把思想和行动统一到习近平总书记重要讲话精神和党中央决策部署上来,增强"四个意识",坚定"四个自信",做到"两个维护",全力以赴、同舟共济、科学有序做好疫情防控工作。请相信:"没有一个冬天是不可逾越的,没有一个春天是不会到来的。"

二是珍爱生命,敬畏自然。面对这次来势汹汹的疫情,我们更加深刻地认识到生命和健康的意义、人与自然和谐相处的意义。对生命的珍视,对自然的敬畏,对真理的坚守,对法治的遵从,是人类文明程度的重要标志,也是国家现代化的主要特征。系统科学的生命与健康教育,应当成为大学教育的应有之

义，正确认识生命、善待生命、敬畏自然、提升生命质量、创造生命价值、实现生命的升华和超越是我们从这次疫情防控中得到的启迪。

三是慎独自律，修己安人。《礼记·大学》有云"君子慎独"，是指一个人在独处的时候，即使没有人监督，也能严格要求自己。同学们，独自在家的日子，希望你们以"慎独"为理念，远离网络游戏，合理规划时间，提高自控力，增强自律性，在宁静中踏实线上学习，在独处中书写充实人生。"天下兴亡，匹夫有责"。当前，"白衣天使"、部队官兵坚持一线救援不放松，火车司机、快递小哥坚持物资运输不停歇，党员干部、社区群众坚持站岗值班不松劲，共同筑起防护长城，让人泪目，让人感动。作为西汽人，希望你们保持敢于担当的优秀品质，遵章守纪，主动担责，带头学习、宣传疫情防护有关知识，在学校发出开学通知前不自行返校，提高自己和家人的防护能力，引导督促亲人朋友养成良好卫生习惯和健康生活方式，在力所能及范围内为打赢疫情防控阻击战贡献力量。

老师们、同学们，"莫道浮云终蔽日，严冬过尽春蓓蕾！"我们坚信，有以习近平同志为核心的党中央坚强领导，有全国各族人民的共同奋战，我们一定能取得疫情防控斗争的全面胜利！

待到春暖花开时，期待你们平安归来，在美丽的西汽校园再相聚！

西安汽车职业大学　　党委书记　杨俊利
　　　　　　　　　　　校　　长　李瑞明
　　　　　　　　　　　2020年2月28日

待到疫情去　共沐春日暖阳　相聚书香校园

亲爱的全体师生：

新春佳节本是阖家团圆、欢乐祥和的美好时刻，然而一场突如其来的新冠肺炎疫情在祖国大地肆虐，牵动着亿万中国人民的心，也让我们度过了一个不同寻常的春节。疫情发生以来，在以习近平同志为核心的党中央坚强领导下，相关部门全力以赴，各方力量联防联控，中华儿女团结一心，一场全国总动员的疫情防控阻击战迅速打响。

这次疫情不仅是我们国家遇到的一次重大挑战，也是我们每个人遇到的一次重大考验。在这场没有硝烟的战争中，我们每个人都是战场上的一员。当前，正值疫情防控的关键时期，需要全体师生共同携起手来，各尽其责，万众一心，坚决打好打赢这场疫情防控阻击战。

一要加强防护，有"明大理、顾大局"的高尚品格。 面对疫情，无数的医务人员、公安民警、党员干部和志愿者战斗在疫情防控一线，冒着生命危险守护我们的健康，学院也始终牵挂着身处全国各地的每一位师生。希望大家为了自己、为了家人，更为了负重前行的勇士们，在这个"加长版"的寒假里安心在家里当"宅男宅女"，做到少出门、不聚会、勤洗手、出门戴口罩、居家勤通风、合理饮食、适当运动，努力把病毒挡在家门外，并积极配合学院疫情动态排查和健康状况统计工作，如实上报个人情况。疫情虽然可怕，但是可防可控。请大家不要恐慌，不造谣，不信谣，不传谣，通过官方媒体了解准确的疫情信息。同时，只争朝夕，不负韶华，按照学院相关教学工作安排，在家办公与学习，过一个充实而有意义的寒假。

二要担当作为,有"打头阵、冲前线"的奉献精神。疫情防控是一场没有旁观者的全民行动,也是一场齐心协力的人民战争。疫情发生后,党政军群机关和企事业单位闻令而动、勇担使命,广大医务人员挺身而出、无私奉献,全力奋战在疫情防控一线。他们都是我们学习的榜样,也是激励我们不断前行的一座座耀眼灯塔。疾风知劲草,烈火炼真金。全体教职工要把疫情防控作为当前首要的政治任务和头等大事,结合工作实际,积极履职尽责,用心用情做好各项工作。各级党组织和广大党员要充分发挥战斗堡垒作用和先锋模范作用,坚守岗位,靠前行动,主动做疫情防控的宣传员、联络员和勤务员,自觉成为疫情防控的"主力军"、师生依靠的"主心骨",让一个个战斗堡垒、一面面鲜艳党旗在疫情防控一线巍然矗立、高高飘扬。

三要众志成城,有"一方难、八方援"的真情义举。对于疫情最严重的武汉,全国各地在做好当地疫情防控工作的同时,纷纷以各种形式驰援武汉、驰援湖北,全国上下形成了众志成城抗击疫情的强大合力,充分彰显了同舟共济、共克时艰的大爱情怀,此外,海外多方力量也伸出援手助力战胜疫情。令人欣慰的是,这些奔波在驰援路上的可敬之人里,有我们杨职人的身影;跳跃在公告栏上的捐款金额里,有我们杨职人的爱心。互助互爱是中华民族的传统美德,对于急需帮助的武汉、湖北,我们都应该以一颗慈爱之心伸出援助之手。冬去春来,万象更新。在这生机盎然的季节里,在全国人民的爱心和祝福中,武汉一定会好起来的,就如同美丽的樱花一样再次盛放。

四要坚定信心,有"人心齐、泰山移"的必胜信念。在严峻的疫情面前,信心比任何时候都重要。只有坚定信心,才能从容不迫,才能科学应对,才能有效防治,切实守护好人民群众的生命安全。中华民族是一个英勇伟大的民族,中华儿女具有百折不挠、迎难而上的顽强斗争精神。战争年代,中华儿女前仆后继、舍生忘死;灾难面前,中华儿女英勇无畏、众志成城。上下同欲者胜,同舟共济者赢。我们要始终坚信,在以习近平同志为核心的党中央坚强领导下,在各级党委、政府的周密部署和广大干部群众的积极参与下,疫情必将

过去,胜利终将到来。只要我们万众一心,就没有翻不过去的山;只要我们心手相牵,就没有跃不过去的坎。

平凡中见真情,大事前看担当。在这次疫情防控中,学院许多干部职工毅然放弃休假、告别家人,第一时间返回工作岗位并加班加点,全身心投入到疫情防控工作中,用奉献精神和务实作风为广大师生筑起了一道阻击病毒的坚固防线。对于这些怀揣公心、勤勉履职的干部职工,我们在这里由衷地说一句:"你们辛苦了!你们都是好样的!"在武汉,我们还有顶岗实习的学生坚守在自己的工作岗位上。对于这些学生,我们更有一份特殊的牵挂,请你们务必做好防护,学院期盼你们早日平安归来!

最后,衷心祝愿亲爱的老师们、同学们身体健康、阖家幸福!让我们一起呐喊:武汉加油!中国加油!让我们一起祈愿:山河无恙,国泰民安。

杨凌职业技术学院　　党委书记　陈　宁
　　　　　　　　　　院　　长　王周锁

2020 年 2 月 13 日

期待与大家在春暖花开的工院校园重逢

全体师生:

大家好!

庚子佳节,一场突如其来的新冠肺炎疫情牵动了全国人民的心。当前,新冠肺炎疫情的防控工作正处于关键时期,打赢疫情防控攻坚战需要专业医护人员的救死扶伤,也需要我们每一个普通中国公民的高度责任心和社会责任感。特殊时期,我们希望全院师生和我们一起:

一是做优秀的联络员。在疫情面前,每位师生员工都应该自觉成为一名优秀的联络员,提高思想认识,服从安排,听从指挥,积极配合所在地的疫情排查筛查措施,如有接触确诊或疑似病人,及时上报给学校。

二是做优秀的宣传员。每位师生员工在自己保持高度警惕的同时,要做好亲朋好友的疫情防护宣传工作,及时把与疫情有关的官方最新消息和国家相关规定向家里人宣传,并劝阻亲朋好友参加各类聚会,最大程度减少疫情传播途径。积极学习掌握防疫知识,及时在家庭各类微信群宣传预防知识,督促家人做好防疫卫生。

三是做优秀的卫生员。不去人群聚集的地方,尽量不外出,杜绝和从疫情城市回来人员的接触,防止疫情传播;重视个人及家庭卫生,养成良好的生活习惯,定时开窗通风,保持空气流通,勤晒衣服和被褥等;用肥皂、洗手液正确地洗手,出门一定要佩戴口罩。

四是做优秀的运动员。生活要有规律,早起早睡,保证睡眠充足;加强体育锻炼,增加有氧运动,多选择一些适合在家里做的运动项目,如仰卧起坐、平板支撑等，增强身体免疫力。

五是做优秀的监督员。清朗网络空间，坚决抵制各类网络谣言，不造谣、不信谣、不传谣。增强法律、道德意识，不编造和转发与疫情有关的虚假新闻、信息；对网站和社交平台中出现的谣言，不转发、不扩散，理性对待，及时举报。

六是做优秀的示范员。防控疫情正处在刻不容缓的紧要关头，这也是考验我们党团员模范先锋示范作用的时刻。在这场无声的战役中，党团员师生更应该以身作则，带头落实党中央和省教育厅关于疫情防护工作的有关要求，自觉做到不访友、不聚餐、戴口罩、常消毒，扎实细致地做好公共卫生、家庭卫生和个人卫生，切断疫情传播途径。

我们坚信，有党中央、国务院的坚强领导，有全国人民的勠力同心，有全院师生的共同努力，我们一定能夺取这场疫情防控攻坚战的全面胜利，也期待与大家在春暖花开的工院校园重逢。

最后，衷心祝福大家身体健康、阖家幸福！中国加油！

陕西工业职业技术学院　　党委书记　惠朝阳
　　　　　　　　　　　　　院　　长　刘永亮
　　　　　　　　　　　　　2020年2月9日

打赢战"疫" 再聚陕职

亲爱的同学们：

2020年的春节注定是难忘的，一场突如其来的新冠肺炎疫情蔓延到祖国大江南北。

疫情发生后，学院党委坚决贯彻党中央的决策部署，落实省委教育工委、教育厅的工作要求，第一时间成立新冠肺炎疫情防控工作领导小组，迅速启动公共安全事件应急预案和工作机制。领导小组先后召开8次专题视频会议，部署应对疫情防控工作的科学有效措施，全院各部门、各二级学院积极响应、立即行动，全面进入应急备战状态。学院党委多次要求进一步细化工作方案、落实防控措施，发挥联防联控作用，做到疫情统计全覆盖、人员健康监测全覆盖，全力以赴保障14 000名师生的身体健康和生命安全；要求全体党员干部、部门负责人认真履职尽责、团结一致、严格防控、共克时艰。截至目前，我院师生未出现一例感染患者，没有一名学生擅自提前返校。

在这场没有硝烟的战"疫"中，在这场严酷而不平凡的斗争中，84岁的钟南山院士、73岁的李兰娟院士先后奔赴武汉，带领医护人员奋战在抗击病毒的最前线。日夜奋战在一线的"白衣战士"、逆行前往疫区的运输车队、建设火神山医院和雷神山医院的建筑工人、放弃春节假期加班加点赶制医疗设备的企业、为祖国筹集物资奔走忙碌的海外同胞……他们的精神让我们一次次感动落泪。中国人民众志成城、凝心聚力的团结精神，再次向全世界证明了中华民族是压不垮的民族，中华儿女"逆"向而行、迎难而上的统一行动，传递了中国力量，铸就了中国脊梁。

同学们，当前疫情仍在蔓延，防控正处于关键期。为了更好地保护大家身体健康，请同学们做好居家防护，妥善安排好自己的生活，没有接到正式通知坚决不提前返校；按照中省"停课不停学"的要求，通过学院网络教学平台，在家里开展线上学习，耐心等待正式的开学通知；通过官方渠道了解防控知识和疫情信息，不信谣、不传谣、不发布虚假信息；遵守居住地村、街道办和小区的各项要求和管理；加强个人防护，减少出门次数，不参加聚集性活动；若要出门戴好口罩，回家后做好消毒工作，做到勤洗手、多饮水，按时休息、规律生活，保护好自己，保护好家人。

感谢同学们及家人为此次战"疫"付出的努力，让我们一起防控、一起加油，共克时艰、战胜疫情。"沾衣欲湿杏花雨，吹面不寒杨柳风"的灿烂春天即将来临，美丽的陕西职院等待每一位同学平安归来。

最后，祝愿同学们及你们的家人平安健康！

陕西职业技术学院　　党委书记　何树茂
　　　　　　　　　　　院　　长　刘胜辉

2020 年 2 月 8 日

没有一个冬天不会过去
没有一个春天不会到来

亲爱的同学们：

2020年注定根植于我们的记忆中。疫情改变了我们的生活。这一年的春节，我们足不出户"宅"着过。也许青春年少的你们从来没有经历过如此焦虑、如此封闭的春节，而你们和家人的健康平安也时刻牵动着学校的心。

目前，疫情形势仍然严峻，防控工作进入关键时期，学校也正在全力做好疫情防控工作，尽最大可能阻断疫情传播途径。为确保大家的安全，学校决定延期开学，请大家务必不要提前返校，这既是抗击疫情的需要，也是保护大家健康安全的需要。学校将根据疫情发展和上级部署确定开学及返校时间，并第一时间告知大家，给大家留出充足的时间返校。请大家耐心等待，并响应国家的号召，支持配合学校的有关工作，展现你们作为新时代大学生的责任与担当。

对于同学们普遍关心的新学期课程安排、顶岗实习、升学就业等问题，学校正在研究制订相应预案，请大家关注学校官网、官微信息，与辅导员、班主任保持密切联系。

在正式开学之前，学校将利用互联网和信息化教学资源，向同学们提供优质线上学习资源，并安排教师正确指导同学们居家线上学习，保证教学标准不缩水、教学质量不降低。通识学院向大家开放了215门"超星尔雅"课程，供大家自主选学。与此同时，学校通过"智慧职教""中国大学MOOC""学堂在线"等平台，向同学们及社会免费开放了46门精品在线课程，包括国家级资源库中的空中乘务专业的19门标准化课程，省级资源库中的汽车电子技术资源库7门课程、理化测试与质检技术资源库6门课程，以及应急处置、汽车保养作业标准与流程、计算机应用基础、民航客票销售、公差配合与技术测量、汽车保养作业标准与流程等其他14门MOOC课程，努力实现"停课不停学，学习不延期"。

亲爱的同学们，你们的健康、平安、成长就是我们学校努力的方向。面对疫情，希望同学们居家有律，切勿提前返校或瞒报信息，主动配合学校、当地政府和所在社区做好疫情防控工作；希望同学们防护有方，做自己和家人健康的捍卫者，积极增强防病意识和自我保护能力；希望同学们科学有为，合理规划假期安排，严格保持健康自律的生活习惯，积极化解心理上的恐慌和焦虑；希望同学们心中有戒，自觉遵守国家法律法规，带头维护社会秩序，坚决做到不信谣、不传谣、不造谣；希望同学们行止有爱，珍惜难得的与家人团聚的时光，自觉和家人分担家务，孝敬老人。同学们，如果你们遇到任何困难，请及时与学校取得联系，学校愿意做你们坚强的后盾。

亲爱的同学们，2020年的春节少了轻松愉快，但履职尽责不少；少了迎来送往，但亲情温情不少；少了聚会团圆，但凝心聚力不少。2020年，许多人舍小家，为大家；更多人在小家，为大家；2020年，我们同在！

亲爱的同学们，没有一个冬天不会过去，没有一个春天不会到来！我们坚信，在以习近平同志为核心的党中央坚强领导下，在抗疫一线的医护人员、科研人员共同努力下，我们一定能够取得疫情防控的最终胜利。那就让我们静待胜利曙光洒向中华大地的那一刻吧！那一刻，冰雪融化的神州大地必将春风杨柳，风雨洗礼的祖国山河定会气象更新！

最后，祝全体同学和你们的家人身体健康、幸福平安！

西安航空职业技术学院　　党委书记　周　岩
　　　　　　　　　　　　　院　　长　赵居礼
　　　　　　　　　　　　　2020年2月7日

致全体学生的一封信

亲爱的同学们：

当前，新冠肺炎疫情蔓延，形势非常严峻，党中央国务院、省委省政府、省委教育工委省教育厅高度重视、科学部署，全国人民众志成城、共克时艰。学院党委行政高度重视，第一时间成立了疫情防控工作领导小组，全院各部门迅速行动起来，积极落实各项防控措施，全力做好服务保障工作，为全体师生的生命安全和身心健康筑起多道坚实屏障。你们的健康与平安是学院最大的期盼。

在这个非常时期，本着对国家负责、对社会负责、对事业负责、对家庭负责、对个人负责的精神，希望同学们按照学院的统一部署，切实做好个人防护，带头做疫情防控的科学宣传者、正确践行者和示范带动者，共同落实好有关疫情防控的各项工作要求：

一是希望同学们服从大局，听从指挥。严格执行上级部门、当地政府有关疫情防控的相关规定，听从学院传达的通知要求。按照教育部要求，配合当地相关部门和学院的疫情防控工作，服从管理、严格要求，思想重视、行为自律，积极配合学院报送个人相关信息。当前，疫情防控工作正处在关键期，学院按照上级部署，周密安排落实疫情防控各项工作，同时密切关注和研判疫情发展态势，反复研究新学期开学工作的多种预案。在接到上级发布的开学时间后，学院将会及时发布正式开学通知，并给同学们预留充足的返校时间。一旦通知下发，希望大家按照学院的具体部署，做好个人防护，错峰出行、平安返校。未经批准，严禁提前返校！

二是希望同学们从我做起，做好防护。主动增强卫生健康意识，了解疫情防控知识。在疫情防控期间，做到合理饮食、规律作息、适度锻炼，不断提高自身免疫力。坚持戴口罩、勤洗手，坚持不聚集、勤通风，坚持讲卫生、勤消毒，最大限度降低感染风险。希望同学们从自身做起，从点滴做起，影响带动家人、亲友共同做好防护。如出现发热、干咳或其他呼吸道感染症状，请务必及时就医，并第一时间向学院报告。

三是希望同学们理性对待，坚定信心。以科学的态度认识和对待疫情，坚持从各级政府及学院的正式渠道获取疫情相关信息，知法守法、正确对待，坚决做到不信谣、不传谣、不造谣，切勿随意在网上发布、传播未经证实的信息，共同营造清朗的网络空间和良好的舆论环境。希望同学们积极调整个人情绪，正视当前、放眼长远、理性看待、进取向上，坚定战胜疫情的信心，互相关心、互相鼓励，为战胜疫情作出积极贡献。

四是希望同学们科学认知，调适心态。认真学习掌握疫情防控知识，了解疫情防控最新进展，积极进行自我心理调适，努力化解紧张、焦虑的情绪，保持健康、阳光的心态。如需心理咨询，可通过微信咨询学院心理辅导老师。

五是希望同学们增强担当，发挥作用。同学们是国家、民族的未来和希望，是时代发展和社会进步的有为青年，是家庭成员和亲朋好友当中的知识分子。在特殊时期，希望大家勇于担当、有所作为，积极运用所学知识指导家人、亲朋好友、周围群众做好疫情防控，用实际行动为保一方平安，发挥新时代青年的模范带头作用！

六是希望同学们不负韶华，积极进取。合理安排作息时间，在做好家人防护的同时，按照上级教育行政部门"停课不停教，停课不停学"的要求，制订科学合理的学习计划，认真按照学院开设的有关网络学习平台有计划地进行在线学习，将假期时间有效地利用起来，顺利完成学业。同时，充分利用假期时间博览群书、拓宽视野，在收获知识、增进亲情中让假期生活充实而精彩。

亲爱的同学们，保护好自己就是对家人、对学院、对社会、对国家、对民

族的高度负责。让我们坚定信心,携起手来,同舟共济,众志成城,共同做好疫情防控工作,坚决打赢这场没有硝烟的战役!学院期待各位同学平安归来!

衷心祝愿各位同学和你们的亲人健康平安!

陕西财经职业技术学院　　党委书记　张志华
　　　　　　　　　　　　　院　　长　程书强

2020年2月9日

保护好自己就是战"疫"的最大胜利

亲爱的同学们:

大家好!

2020年注定是不同寻常的一年,新年伊始就发生了新冠肺炎疫情。整个春节,老师们和大家一样安静地在家中度过,所有人的内心一直被疫情牵动着,心情久久不能平静。

新冠肺炎从武汉、湖北向全国蔓延,从己亥猪年延至庚子鼠年,这场疫情牵动着14亿国人的心,党中央、国务院多次研究部署疫情防控阻击战。来自全国各地的医疗队陆续开赴湖北,支援武汉医疗工作,火神山、雷神山医院建成并投入使用。我们陕西国防职院也有这样一群人默默奉献着,为打赢这场战"疫"贡献自己的力量。有的老师自愿参加党员志愿服务队,为校园安全稳定工作着,有的老师谱写歌曲向奋战在抗疫一线的人员致敬,有的老师创作漫画为抗击疫情加油,更有以刁腾同学为代表的一批国防学子坚守在当地疫情防控一线,还有武嘉轩等校友为医院捐赠急需的医疗物资……国防职院人一直在用各种方式尽自己的最大能力抗击疫情。

疫情暴发后不久,陕西省启动突发公共卫生事件Ⅰ级应急响应,学校也迅速行动,按照上级要求,上下一心,团结协作,坚决打赢新冠肺炎疫情防控阻击战。学校研究制订了疫情防控方案,成立专门的工作组,建立与大家联系的工作机制,关注每一名同学的身体健康状况,并专门开通了心理援助热线和网络服务。请大家务必按照学校的要求,及时向老师反馈自己的身体情况,并按照当地疫情防控安排,做好自身和家庭防护,保护好自己就是战"疫"的最

大胜利。

亲爱的同学们,在人类历史上出现过很多瘟疫疾病,我们不断总结经验、增加常识、增长智慧,主动改善与大自然的相处方式,都取得了积极的效果。希望同学们相信党、相信国家、相信人民,坚定信念,我们终将打赢这场没有硝烟的战争!在这个关键阶段,希望大家利用网络资源坚持学习,学校也正在紧张筹备,将利用互联网和信息化教学资源进行教学,为同学们提供优质的线上学习资源,并安排教师指导同学们开展居家线上学习,保证教学内容正常进行,做到"放假不停学,学习不延期"。

亲爱的同学们,你们的健康、平安、成长、成才是我们学校努力的目标和方向。面对疫情,希望同学们做好防护,规律作息,切勿提前返校或瞒报信息,配合相关部门做好疫情防控工作。这个寒假或许是难得的与父母、家人长时间相处的时光,希望大家能够珍惜这段美好的时光,多帮家人干干活,多陪父母聊聊天,用温情、理解与关怀,为这个漫长的寒冬增添暖意。

在这段艰难的日子里,你们遇到任何困难都可以随时联系学校,与辅导员、班主任保持密切联系,学校会尽全力为你们提供帮助。在这段艰难的日子里,你们更应珍惜生命、牢记使命,展现新时代大学生的责任与担当。我们都要坚信,不久之后,待到春暖花开、疫病消散之时,学校等着你们平安归来!

最后,祝同学们和你们的家人身体健康、平安幸福!

陕西国防工业职业技术学院　　党委书记　张卫平
　　　　　　　　　　　　　　　院　　长　刘敏涵
　　　　　　　　　　　　　　　2020年2月10日

待到春暖花开 相聚书香校园

亲爱的同学们：

大家好！

突如其来的新冠肺炎疫情时时刻刻牵动着每一个中国人的心。在党中央的坚强领导下，全国各族人民众志成城、共克时艰，正对新冠肺炎疫情展开一场看不见硝烟的"人民战争"。当前，新冠肺炎疫情防控形势依然严峻，学校时刻牵挂着大家的安危冷暖。自陕西省启动突发公共卫生事件Ⅰ级应急响应以来，学校周密部署、科学安排、有序组织、从严从实做好疫情防控各项工作。

疫情就是命令，防控就是责任。这是对每一位中华儿女的严峻考验，也是我们义不容辞的责任担当。学校是我们共同的家园，防控疫情需要全体交院人齐心协力、科学施策。在这个特殊时期，学校对即将成为交通强国建设主力的交院学子寄予更多的期望，真切希望同学们以三个方面的实际行动积极参与防控新冠肺炎疫情阻击战：

一是理性平和，科学防控。谣言止于智者。在疫情防控期间，大家要关注官方信息，听从政府号令，自觉抵制谣言，不信谣、不传谣、不造谣。大家要增强法律意识和道德意识，做网络时代的明白人，做网络空间的守法者，积极营造清朗的网络空间。大家要保持理性，学习、掌握和运用科学的防控知识，避免恐慌情绪，认真做好自我防护，当好家庭防控宣传员，帮助你们的家人筑起防控疫情的"铁壁铜墙"。

二是自强自律，健康生活。这个假期，为防控疫情，同学们成了"宅男""宅女"，但这也让我们与家人共同开启了亲情生活新模式，自觉养成了更好

的卫生习惯。"宅"在家里远离纷扰的这段日子，希望大家静下心来，自强自律，安排好每天的生活，早起早睡，规律生活，因地制宜，强身健体。学校还为大家安排了丰富的网络在线课程，希望大家按照各位老师的教学安排，珍惜时光，认真学习，不断取得学业上的新进步。

三要严守纪律，从我做起。当前，疫情防控正处在攻坚克难的紧要关头，落实防控要求既是我们每个人的责任，也是一名合格公民的义务。希望大家都能以身作则，严格落实防控工作要求：把个人的健康信息及时告知辅导员（班主任），按要求完成网络学习任务，少出门、不访友、不聚餐、戴口罩、常消毒、勤洗手，在未收到学校通知前不要提前返校。希望每位同学都能成为落实防控责任、履行防控义务的榜样。只有我们自己做到了，才能引领更多人做到，才能实现每个人都做得到。只有这样，我们才能打赢这场疫情防控阻击战！

同学们，冬天即将过去，春天就在眼前。请大家保持理性平和的心态，用行动去纪念这段特别的时光。我们相信，在以习近平同志为核心的党中央坚强领导下，在全国各族人民的共同努力下，这场抗疫之战的胜利必将早日到来！

每一段时光都值得铭记，每一份考验都是成长，每一个胜利都值得等待。疫情防控成功之时，让我们相约在春意盎然的季节，相聚在美丽的陕西交院。祝愿同学们身体健康、学业进步、阖家幸福！

陕西交通职业技术学院　　党委书记　杨云峰
　　　　　　　　　　　　院　　长　王天哲
2020 年 2 月 12 日

从"心"出发 共克时艰

亲爱的同学们：

这是我作为校长第一次以公开信的方式和你们一万多名学子交流，因为当前全国人民正在众志成城、全力防控这场来势汹汹的新冠肺炎疫情。疫情全面暴发已经两周多了，从目前的形势看，可能还要持续一段时期。虽然目前我们的同学们还没有发生任何确诊或疑似病例，但是不可避免的，一些同学在思想上产生了焦虑、恐慌或大意、麻痹等各种情绪。在这种特殊的情况下，作为始终牵挂着你们每个人健康和平安的师长，就想以这样一种特殊的方式，和大家说几句心里话，希望你们能从"心"出发，与全国人民一起共克时艰。

第一句话是"要有敬畏心"。 首先是对这场疫情的严重性和危害性要心存畏惧。你们当中有一半的同学学习的是医护类专业，对这种新型冠状病毒强烈的传染性、感染后严重的危害性、防控的困难性和复杂性应当都比较了解，所以，你们要珍爱生命，心存敬畏，高度重视，尊重科学，从我做起，抛弃任何麻痹大意思想，主动做好个人的疫情防控。条件允许时利用所学知识主动影响周围人群，在确保安全的情况下可以主动参与所在社区、乡村的疫情防控，与全国人民一起打好这场疫情防控阻击战。其次是引以为戒，对大自然要心存敬畏。这次疫情的发生，从有关专家初步溯源看，病毒是来自野生动物，是由于我们一些人追求味觉刺激，违规捕杀、食用野生动物导致的人为灾害。人类属于大自然，但大自然不属于人类，我们务必引以为戒，按照习近平总书记所倡导的人与自然和谐共生的理念，爱护自然界的一切，守护好我们美丽的地球家园。再次是要敬畏规则。没有规矩不成方圆，一个强大的国家一定是由具有规

则意识和理性成熟的公民组成的，面对这样严重的疫情，在我们这样一个世界人口大国，全民防控的复杂性和艰巨性可想而知。我们就更需要把各种规则挺在前面，严格遵守国家、陕西省、学校以及所在地关于防控疫情的各项规则、规定，带头做一个遵规守纪的好公民，鄙视一切失去理智的行为。孔子说"君子有三畏"，在今天看来，应该是敬畏生命、敬畏自然、敬畏规则。希望你们常怀敬畏之心。

第二句话是"要有信心"。尽管中华民族命途多舛、历经磨难，但是五千多年来我们始终屹立在世界东方，没有任何困难可以压倒伟大的中华民族。今天的中国更是一个强大的中国、一个空前团结的中国、一个"一方有难，八方支援"的有爱心的中国，我们有以习近平同志为核心的党中央的坚强领导；有强大的祖国后盾，有全国人民的众志成城，有大批医学专家和医务工作者的忘我拼搏，有社会各界的齐心协力，有众多友好国家的无私援助，有海外华人的同舟共济，有高效的社会治理体系和制度优势，有完备的社会保障体系，有公开透明的信息发布，完全可以坚信，我们一定可以打赢这场没有硝烟的战争。

当前，我们国家正在按照习近平总书记坚决打赢疫情防控的人民战争、总体战、阻击战的要求，全面落实联防联控措施，构筑群防群治的严密防线，希望你们在这样一个关键时期，坚决服从当地防控措施，主动配合做好疫情防控，不信谣、不传谣，不聚会、不走动，规律生活，加强锻炼，当好新冠病毒的"绝缘者""阻击者"。要坚信风雨之后必然会有彩虹，相信任何困难都阻挡不了我们祖国前进的步伐。

第三句话是"要有静心"。我和大家一样，深感疫情的传播和蔓延给我们的日常学习和生活带来了很多不便，意志薄弱的人可能会在疫情传播期间中断学习。我想告诉大家的是，尽管这个寒假让"好友相会变成视频聊天，亲朋相聚变成隔空拜年"，也不能因时间变得更加宽裕而无所事事，应当抓住难得的不被打扰的安静时间，静下心来更好地充实自己。做到停课不停学，通过网络平台学习基础和专业知识，通过阅读文学经典陶冶情操，阅读哲学经典增强哲学思辨能力，阅读伦理经典健全道德品格。"非宁静无以致远"，既然特殊时期给了我们安静，那我们就彻底静下心来，在知识的海洋里遨游并汲取一切营养。

第四句话是"要学仁心"。你们之中多半的同学学习的是医护类专业，未来会成为公民健康的守护天使。所谓"医者仁心，大爱无疆"，这次疫情出现以来，全国的医护工作者表现出来的正是这种仁爱之心和"白衣天使"的情怀。面对疫情，他们舍生忘死，战斗在疫情防治第一线，有的人甚至献出了宝贵的生命。高护09班王辉、护理1508班艾叶等能源学院的不少学子主动请战到了武汉前线，你们学兄、学姐中还有很多人在全国各地的医疗机构担当重任，他们都是你们学习的榜样。希望你们从现在起，在努力掌握精湛医术的同时，涵养医者的仁爱之心，未来能够像他们一样去救死扶伤，用大爱守护人民的健康。其他专业的同学也要秉承我们能源学院的"太阳石精神"，燃烧自己，温暖他人，学会在奉献中追求自己的人生价值。

亲爱的同学们，严冬已经过去，尽管今年的春天会迟到一些，但毕竟不会遥远。我会在春天的校园里等待你们归来，陪你们在这里锤炼成才。建设祖国的重任还等待着你们，等待着你们用自己的才智为实现中华民族伟大复兴贡献力量！

顺祝所有同学和你们的家人安康！

陕西能源职业技术学院　院长　刘予东

2020年2月8日

攥指成拳汇聚合力 "疫"过花开再聚铁院

亲爱的同学们：

大家好！

2020年的除夕前一天，武汉因新冠肺炎疫情宣布"封城"，疫情持续蔓延，牵动着全国人民的心，一场没有硝烟的战"疫"悄然打响。新年的喜庆气氛还没有来得及开始，一场疫情给全国人民带来了一场莫大的考验。目前，疫情形势依旧严峻，我们心系每位铁院人，不管你是奋战一线助力抗疫，还是"宅"家为防疫作贡献，我们真诚地希望全体同学都能够平安健康。

疫情就是命令，防控就是责任。面对突如其来的疫情，学院党委高度重视，第一时间成立疫情防控工作领导小组，全力以赴开展各项疫情防控工作。这是一场全民战争，在这场疫情面前，同学们能做的也是必须做的就是学会保护好自己，将正确的健康生活观念传递给身边的人。正如钟南山院士所说，"预防疾病，比治疗更重要"。希望全体同学积极采取各项预防措施，及时关注官方渠道发布的有关消息，不轻视，不恐慌，做好防护，有效应对，携手共同抗击疫情。

危难之际见真情，寒冬腊月暖人心。在疫情面前，很多铁院学子和校友纷纷献计出力，有的同学在疫情发生的第一时间加入了当地的防疫执勤岗，在村口的主干道上对出入人员进行检查登记、测量体温；有的同学在物资紧缺的情况下为学院送来消毒水，助力疫情防控；有的同学发挥特长，创作了温暖的助力歌曲《战疫》《守护》、快板书《蝠说》；还有很多在铁路局工作的校友依然坚守在铁路一线，护送着旅客的回家路，保障着疫情防控物资的及时送达；众志成城的铁院人以各种形式参与到疫情防控的工作中，展现新时代大学生的正能量，攻坚克难，为打赢这场疫情防控阻击战贡献着自己的一份力量。

从来不敢奢望，寒假也会有"加长版"；从来不敢想象，"宅"在家里就是为"抗疫"工作作贡献。疫情发生以来，全国各学校纷纷响应国家号召，严格执行国家要求，推迟了开学时间，具体开学时间也将根据疫情发展情况而定。如何度过这漫长的寒假时光，什么才是"宅家"的正确生活方式，追剧、刷抖音、打游戏……适当的娱乐可以让人保持心情愉悦，但希望同学们要"学"与"娱"相结合，做到"宅家有方"，毕竟假期是个很适合弯道超车的阶段，练两三项运动锻炼体魄，读四五本书充实内心，陪家人聊天增进情感，做力所能及的家务增加技能。在这个假期里，尽量用自己喜欢的方式，在保护好自己的前提下充实自己，即使没有一定的"自由"，也能收获别样的成果。

"业精于勤荒于嬉。"在疫情防控期间，学院按照"延期不延教，停课不停学"的原则，组织网络教学、畅通学习通道，同时免费向社会公众开放83门课程，提供职业教育网络教学资源，贡献铁院力量。疫情无情，铁院有爱，纵使面对诸多困难，学院也会为同学们的求学路保驾护航。时不我待，只争朝夕，希望同学们能够克服困难，圆满完成学习任务。冬天已去，春天来了，希望同学们能够惜时勤勉，日日精进。攥指成拳、合力致远，这一仗的胜利必将属于我们！

同学们，上下同欲者胜，同舟共济者赢。"没有任何力量能够阻挡中国人民和中华民族的前进步伐。"我们坚信，在以习近平同志为核心的党中央坚强领导下，我们万众一心、同心协力，一定能够打赢这场防疫攻坚战，度过一个不平凡的假期。让我们一起静静等待春暖花开……

最后，祝愿全体同学身体健康、学业有成、阖家幸福！阳光总在风雨后，待到"疫"过花开，我们再聚铁院！

陕西铁路工程职业技术学院　　　　党委书记　王　晖
　　　　　　　　　　　　　　　　院　　长　王　津
　　　　　　　　　　　　　　　　2020年2月14日

勠力同心 战"疫"必胜

亲爱的同学们:

大家好!

新冠肺炎疫情已经持续了很多天,在这场突如其来的疫情面前,每个人都猝不及防,都无法置身事外,而且人人都经受着严峻的考验。值此危难的时刻,我们最牵挂的就是待在家中的同学们。你们的思想情绪、你们的各类状况无时无刻不牵动着我们的心。在这里,我们谨代表全院的老师向你们及你们的家人致以亲切的问候,愿你们身体健康、平安无恙!

疫情发生以来,在以习近平同志为核心的党中央的坚强领导下,全国各族人民万众一心、众志成城,打响了一场声势浩大的疫情防控阻击战。学院党委坚决响应党中央号召,全面贯彻落实党中央、国务院和省委决策部署,第一时间成立疫情防控工作领导小组,第一时间启动公共卫生应急预案,按照习近平总书记提出的"做好疫情防控工作,直接关系人民生命安全和身体健康"的指示精神和"坚定信心、同舟共济、科学防治、精准施策"的防控总要求,从严从实部署落实各项防控措施,全院广大干部职工以高度的政治责任感和忘我的牺牲精神,奋起抗疫,严防死守,确保了我院师生的生命安全和健康安全。直到今天,我院师生没有一例确诊或疑似病例。我们由衷地感谢我们的老师、我们的同学,是你们的责任与担当、坚守与奉献、自觉与服从,守住了我们的平安,守住了学校这个共同的美好家园。

但是,亲爱的同学们,经过这段时间的连续奋战,当前的疫情防控形势依然十分严峻。习近平总书记指出,"我们的疫情防控工作到了最吃劲的关键阶段"，全国人民众志成城、凝心聚力，依然英勇顽强地与时间在赛跑，与病魔在较量，彻底战胜疫情还需要我们每个人勠力同心、坚韧不拔、顽强拼搏，才能最终打赢疫情防控的人民战争、总体战、阻击战的最后胜利。在此，我们衷心希望同学们秉承和发扬航空人报国奉献的光荣传统，努力践行"崇德尚学、自强不息"的校训精神，担负起青年人应有的责任，为党分忧，为民解困，为夺取抗击疫情斗争的最终胜利作出贡献。

同学们要坚定信心，不畏艰难。在今天的疫情面前，我们有党中央的坚强领导，有祖国的强大支撑，有各族人民的团结奋斗，这是我们同疫情战斗的强大勇气与底气。是武汉人民以"壮士断腕"的决心有效地阻止了疫情传播，是钟南山、李兰娟、张定宇、李文亮这些可歌可泣的白衣勇士坚持战斗在第一线，是成千上万的"逆行者"负重前行、不怕牺牲，帮你我渡过难关，我们没有理由不挺起脊梁，不坚定必胜的信念。面对疫情，同学们要理性认识，明辨是非，以科学的认知和冷静的态度，做到不恐慌、不盲从、不添乱、不信谣、不传谣，自觉做好心理调适，化解紧张焦虑情绪，保持平和积极的心态，增强心理免疫力，提高应对困难的承受力，做坚强的自己。

同学们要严守规定，做好防护。疫情防控正当紧要关头，你们不能有松一口气的念头，更不敢有行为上的懈怠，要一如既往地主动配合，坚决服从当地政府、社区乡镇的管控措施和学校的防控要求，坚持做到少出门、不聚会、勤洗手、戴口罩、勤通风，有症状早就医等基本的防护要求，要影响和带动家人一起做好防护工作。妥善安排作息时间，保证睡眠充足，合理饮食，适度进行体育锻炼，提高免疫力，维护身心健康。要坚持每日向班主任老师报告个人相关信息，在未接到返校通知以前，一律不得提前返校。要以只争朝夕、不负韶华的精神，有计划地安排好居家的学习，利用老师们为你们开发的网络课程，抓好线上自学；要广泛阅读一些经典名著，努力丰富和涵养自己。"国家在抗疫，医生在抗疫，但最关键的抗疫者，还是我们自己。"要做自律的自己。

同学们要在战"疫"中成长，在感悟中升华。在这场没有硝烟的战争中，

我们每个人都是亲历者、体验者、守护者，我们每天都被涌现出的英雄壮举和先进事迹感动着、激励着。在武汉，在湖北，在全中国，无数的医生、战士、普通人在为这场战争拼尽全力，正是这些中华儿女最坚实的脊梁，传递着、凝聚着社会的正能量，让人们从心底迸发出对祖国的挚爱、对生命的敬重、对美好的向往。这一次抗击新冠肺炎疫情的阻击战再一次充分证明：中华民族具有顽强的生命力和非凡的智慧与勇气。在困难面前，中华民族更加精诚团结，越发斗志昂扬；在中国共产党的坚强领导下，充分发挥中国特色社会主义制度优势，亿万人民团结一心、同舟共济、共克时艰，用实际行动筑起抗击疫情的钢铁长城，谱写了一曲感天动地的壮丽赞歌。作为一名大学生，要在这场疫情防控阻击战的生动实践中去体验、去学习、去感悟，去深化思想、洗涤灵魂，从而更加坚定"四个自信"，牢固树立正确的世界观、人生观、价值观，自觉校正人生的坐标和航向，做追求进步的自己。

事不避难，义不逃责。亲爱的同学们，在当前抗击疫情最为关键的时刻，我们要紧紧团结在以习近平同志为核心的党中央周围，同全国人民一道，和老师们同心，坚定信心，迎难而上，服从号令、严防严控，不放弃、不懈怠、不麻痹，坚决打赢疫情防控的人民战争、总体战、阻击战，让青春在战"疫"中绽放出力量与绚丽的花朵。

寒风阻挡不了前行的脚步，阴霾遮掩不住头顶的太阳。亲爱的同学们，战"疫"的胜利必将属于我们，期待着与你们在春光明媚的陕航校园相聚。

衷心祝愿你们和你们的家人健康平安！

陕西航空职业技术学院　　党委书记　李　涛
　　　　　　　　　　　　院　　长　冉　文
2020 年 2 月 15 日

致全体西铁院学子的一封信

亲爱的同学们：

当我们沉浸在春节的喜庆中时，新冠肺炎疫情突如其来，打乱了我们平静而快乐的生活。疫情就是命令，防控就是责任。当前，举国上下正在勠力同心，共同抗击新冠肺炎疫情。在这场没有硝烟的战斗中，我们看到广大医务人员奋不顾身的精神和舍生忘死的崇高品质；我们看到无数志愿者主动投身到前线，担负起隔离区一项项极具危险的工作；我们也看到更多的人在以各种方式为抗击疫情作着贡献，他们或者发出倡议，或者捐款捐物……这一切让我们心里的感受已经超越了单纯的感动，更是化为无穷的斗志。作为当代大学生，在如此紧要的关头，我们必须有所作为，以自身的行动积极地支持奉献在抗击疫情一线的勇士们！

一要坚定信心，相信党和政府。让我们向那些坚守在抗击疫情一线岗位上为我们筑起生命防线的医务人员和其他工作人员致以最崇高的敬意。病毒并不可怕，可怕的是丧失信心。在党和政府的坚强领导下，各方面的力量正在向疫区不断汇集。通过医务人员和各方面力量的努力，疫情正在得到有效控制，感染人员陆续治愈出院，治疗药物已经投入应用试验，这使我们更有理由相信新冠肺炎不仅是可以治愈的，也是可以预防的。

二要自觉自律，积极做好防护。为了家人和朋友的健康，预防从我做起。你们要自觉遵守有关规定，注意室内通风，尽量避免到人群密集场所，多居家、少出门，戴口罩、勤洗手，尊重科学，不信谣，不传谣。出现发热、干咳等症状及时到当地医院发热门诊就医。外地返乡回家，居家观察14天，出现

症状要及时报告管控部门,特别是顶岗实习的学生要严格落实相关防范要求,自我约束,加强防范。在这里,我也将自己收到的防控病毒口诀转发给大家,与大家共勉:戴口罩,防病毒;使用后,莫乱丢;勤洗手,讲卫生;打喷嚏,掩口鼻;离人群,远传染;不聚众,少风险;信科学,莫恐慌;不信谣,不传谣;有症状,去医院;要冷静,遵医嘱。防控疫情从我做起。

目前疫情形势仍然严峻,防控工作进入关键时期,学校决定延期开学,请大家务必不要提前返校。作为大学生,坚持学业是每一位同学的义务,要做到停课不停学,通过自学保持学业进度,通过电话和网络等方便的沟通方式联系老师答疑解惑,确保不影响学业。学校也为方便同学们学习做了安排,停课不停教,针对新学期的理论授课,利用信息化技术、网络资源和平台开展网络教学、线上答疑等学习指导。各专业学生技能竞赛训练采用远程线上交流指导的方式强化参赛选手的理论学习,利用视频、模拟仿真软件等媒体及工具加强实践操作能力的提高。学校已做好各方面的开学准备,确保开学后的教学课程内容衔接,确保同学们顺利完成学业。

三要身体力行,主动承担责任。疫情暴发以来,我们总在被一些平凡的故事感动着,这使我们更加深刻地体会到中华民族的精神和凝聚力、向心力,也引发了我们关于责任和使命的思考。"天下兴亡,匹夫有责",作为当代大学生,作为新时代青年,你们应该扛起一些责任。疫情暴发以来,有的同学不顾被感染的风险,主动请命参与到所在地的防控战役当中,体现了当代大学生的时代精神。从全国范围看,这场对抗新冠肺炎疫情的战争已经从被动防御转向主动防御,在这个阶段你们应该有所为!

在党和政府的领导下,公众认识得到提升,各种有效防范手段正在得到较好落实,一场人民战争已经打响,我们已经坚定了必胜的信心。但是,仍然会有这样那样不科学的信息传播,仍然还有对病毒不以为然的人存在,也会存在一些对未来不可预知的迷茫和恐慌,这其中可能就有我们的朋友、家人。你们要在自己克服恐慌迷茫的同时,也要把抗疫必胜的信念和防范病毒知识通过电话、网络传递给家人和朋友，给他们吃一颗定心丸，让他们知晓科学预防病毒的知识、了解一些防范的实际情况，告诫他们不信谣、不传谣，帮他们消除心理恐慌。这是一件你们每个人都可以轻松完成的事情，也是一件非常有价值的事情。试想，全国数以千万的大学生，如果每个大学生联系一个家庭、做好家人和朋友的稳定工作，那么就可以在全社会形成一个以亲情为纽带、以科学和理性为结点的防治病毒的网络，这将对全国范围取得战胜新冠肺炎疫情的胜利发挥巨大的作用。

同学们，众志成城，共抗疫情！让我们以家国情怀和实际行动诠释当代大学生的新时代精神，积极主动加入到这场疫情防控阻击战中，勇担社会责任，全力奉献爱心。在党和政府的坚强领导下，我们终将打赢这场没有硝烟的战役，早日迎来疫情防控战的全面胜利！让我们一起加油！

祝大家健康平安、学业顺利！

西安铁路职业技术学院　党委书记　施利民

2020 年 2 月 8 日

众志成城 关爱"邮"我

亲爱的老师们、同学们:

大家好!

日月经天,江河行地,光阴荏苒。突如其来的新冠肺炎疫情牵动着亿万人民的心,关键时刻,习近平总书记作出"疫情就是命令,防控就是责任"系列重要指示,全国人民万众一心、紧急驰援,凝聚起众志成城、抗击疫情的磅礴力量。

面对疫情,学院党委靠前指挥、周密部署,坚持把师生生命安全和身体健康放在第一位,把疫情防控工作作为当前最重要的政治任务。在此关键时刻,全体师生要团结一心、群防群控,打好疫情阻击战,为疫情防控工作贡献力量。为此,希望大家做到以下四个方面:

一是面对疫情,理性认识、科学防护。希望全体师生要理性认识,不信谣、不传谣;科学防护,不组织、不参加任何聚会聚餐;做好个人和家庭成员的防护,良好的卫生习惯是防控的关键。

二是面对战"疫",坚决配合、落实要求。希望全体师生支持学院的各项防控举措。要配合疫情期间实施的校园封闭管理措施,特别是公派外出人员要严格审批,做好报备、登记及防护工作;要及时向学院报告自己的离陕行程和健康状况;要服从大局、听从指挥;在接到上级发布的开学时间后,学院会及时发布开学通知,希望大家做好个人防护、错峰出行、平安返校,未经批准,严禁提前返校。

三是精准施策,停课不停教。辅导员要加强与学生的联系,及时掌握学生的健康状况和思想动态；教师要积极开展线上教学、线上辅导，做到"停课不停教，停课不停学"；心理咨询教师要通过学院团委"阳光护航"心理热线开展心理抚慰，我们隔离病毒但不隔离关爱。

四是面对责任，不忘初心、牢记使命。要充分发挥支部的战斗堡垒作用和党员的先锋模范作用，在疫情防控斗争中践行初心使命、强化责任担当，让党旗在防控疫情斗争第一线高高飘扬。

亲爱的老师们、同学们，学院一直心系你们和你们家人的健康平安！让我们坚定信心、同舟共济、科学防控、精准施策，坚决打赢这场疫情防控阻击战！我们终将迎来春回大地、播撒芬芳，到那天，熟悉的校门一定会为你们敞开；到那天，姹紫嫣红的鲜花一定会与你们相拥！陕邮职院在这里等你们归来！

陕西邮电职业技术学院　　党委书记　姜平涛
　　　　　　　　　　　　院　　长　赵兰畔

2020年2月8日

吹响战"疫"嘹亮号角

亲爱的同学们：

大家好！

本该是春回大地、万象更新的美好时节，可是一场突如其来的新冠肺炎疫情侵袭神州大地。同学们正在"小确幸"期末考试门门都过，可以欢度春节与寒假美好时光的时候，却要"宅"在家中阻断疫情。我可以想象到同学们最初些许的失落与茫然，但在大"疫"面前，你们立刻彰显出陕艺人的担当。疫情发生以来，全体师生快速行动，我们在互道平安健康的同时，群策群力，联防联控，构筑起抗击疫情的坚固防线。连日来，我院抗击疫情歌曲《黄河黄长江长》、秦腔唱段《赞英雄，抗疫情》、诗朗诵《致戴着口罩的中国》等一系列原创文艺作品在师生朋友圈和相关社会媒体广泛传播，以文艺力量凝聚人心、鼓舞士气，助力打赢疫情防控阻击战，体现了陕艺人"艺术为时代放歌"的社会责任。

同学们，当前疫情形势仍然十分严峻。2月10日，习近平总书记在北京市调研指导新冠肺炎疫情防控工作时强调，坚决打赢疫情防控的人民战争、总体战、阻击战。作为新时代青年的陕艺学子责无旁贷，要在战"疫"中具体践行"爱国、励志、求真、力行"的要求。

一是在战"疫"中厚植家国情怀。面对来势汹汹的疫情，84岁的钟南山院士再次临危受命、挂帅出征，坚强无畏、乐观向上；为战"疫"献出宝贵生命的李文亮医生以及无数"逆行"战"疫"的英雄和"白衣天使"用实际行动为我们上了一堂难忘的爱国主义课。"家是最小国，国是千万家"，疫情让我们真切感受到家和国是如此亲近，同学们要从家国大局与自身健康出发，做好自身防护，以"静"战"疫"，不提前返校，及时反馈健康信息。你们和你们家人的健康是我们最大的牵挂。

二是在战"疫"中砥砺强国之志。"多难兴邦"，"艰难困苦，玉汝于成"，中华民族历经苦难而又生生不息。同学们"宅"在家里自觉阻断疫情的同时，要深入思考苦难与国家的关系、苦难与艺术的关系、艺术与国家的关系，给自己以精神给养，志存高远，学以报国，立志行走在中国大地上，文艺之笔始终为人民而抒写，文艺之花始终为时代而绽放，文艺之声始终为中华民族伟大复兴而鼓与呼。

三是在战"疫"中培养追求真理的精神。同学们要把此次疫情防控转化为学习的动力，全面学习疫情防控相关知识以及防控措施，关注权威信息，以良好的心态直面疫情，消除恐慌，不焦虑、不信谣、不传谣、不造谣，并潜心"啃"几本平时想读但没有时间读的课外书籍，在追求艺术真理境界中度过这个难忘的寒假，这又何尝不是一种收获呢？

四是在战"疫"中笃实力行。"文章合为时而著，歌诗合为事而作。"大疫当前，文艺最能温暖人心，希望同学们牢记"厚德启智，精艺尚美"的校训，在做好自身防护的同时，积极进行抗击疫情题材文艺作品的创作实践，用优秀的文艺作品为武汉加油，为中国加油，吹响战"疫"的嘹亮号角。

同学们，没有过不去的黑夜，没有过不去的冬天，相信在以习近平同志为核心的党中央的坚强领导下，全国人民众志成城、并肩作战，一定会打赢这场疫情防控阻击战。待到"疫"云散去、春和景明，我们校园再相聚！

陕西艺术职业学院　党委书记　刘正利

2020年2月11日

给咸阳职院全体学生的一封信

亲爱的同学们:

大家好!

在全民齐心协力阻击新冠肺炎疫情之际,学院坚决贯彻落实习近平总书记以及陕西省委、省政府,咸阳市委、市政府关于疫情防控工作的重要指示和有关精神,第一时间成立疫情防控工作组织机构,多措并举加强疫情防控工作,为全院师生的生命安全和身心健康筑起了坚实堡垒。

当前疫情防控正处在关键时期。此时此刻,学院牵挂着同学们的身心健康,你们的平安健康是学院最大的愿望。按照教育部和省教育厅统一部署,学院决定延期开学,3月2日前不开学,具体开学时间另行通知。同时,启动线上教学,最大限度减少疫情对教育教学工作的影响。在疫情防控特殊时期,学院真诚地向全体同学提出如下要求:

一要遵纪守法,听从安排。自觉遵守《中华人民共和国传染病防治法》等法律法规,严格执行国家、当地政府和学院有关疫情防控工作要求,积极配合做好疫情防控工作。随时保持通讯畅通,加强与班主任、辅导员密切联系,准确填报个人相关信息,如实报告个人行程,及时汇报个人身体状况,坚决避免出现瞒报、漏报现象。严格遵守学院延期开学规定,安心等待通知,未经批准,严禁提前返校。

二要珍爱生命,做好防范。牢固树立敬畏生命、珍爱生命的思想,切实加强自我防护,尽量减少外出,自觉做到不旅游、不聚餐、不聚会,避免去人员密集场所。外出或在公共场合应佩戴口罩,咳嗽、打喷嚏时应使用纸巾或掩住口鼻。保持室内卫生和空气流通，定期消毒。勤洗手、多喝水，健康作息，合理锻炼，增强体质。如有发热、干咳、乏力、呼吸困难等症状，务必及时就医，并第一时间向学院报告。利用个人掌握的疫病防护知识，自觉指导家人积极做好疫情防控工作。

三要理性认知，坚定信心。面对来势汹汹的新冠肺炎疫情，唯有科学认识、理性应对，才是明智的选择。要坚持通过党和政府及学院官方渠道了解和掌握疫情动态、防治措施等相关知识，坚决做到不造谣、不信谣、不传谣、不恐谣，切勿在网上随意发布、传播未经证实的信息。要积极调整情绪心态，保持心理健康，不焦虑、不恐慌，坚定战胜疫情的信心；如有心理不适，积极联系学院心理咨询热线。

四要珍惜时光，认真学习。作为新时代的大学生，不负年华、认真学习是你们的责任与担当。在做好个人及家人防护的同时，要发扬勤学苦练、励志成才的优良学风，按照上级教育部门"停课不停教，停课不停学"的要求，科学合理制订学习计划，充分利用网络学习平台，高质量进行在线专业知识学习。同时，博览群书，开阔视野，陶冶情操，提高素养。

同学们，对你们来说，这次疫情不仅是一次考验、一次磨炼，更是一次养成自律、沉淀自我、提升自己的好机会。我们相信，同学们一定能按学院要求，从自我做起，与祖国同命运、共呼吸，与学院心连心、战疫情，以扎实有效的实际行动阻击疫情。我们坚信，在党中央的坚强领导下，在全体中华儿女的共同努力下，我们一定能战胜疫情！

祝愿你们和你们的家人健康平安！

咸阳职业技术学院　　党委书记　刘聪博
　　　　　　　　　　　院　　长　杨卫军

2020 年 2 月 10 日

坚定信心战疫情　阳光总在风雨后

亲爱的同学们：

大家好！

在举国上下全力抗击新冠肺炎疫情的关键时期，在我们即将迎来新学期开学之际，用这种特殊的方式与大家见面，我的心中真是五味杂陈！

我们刚刚度过了一个不同寻常、极其特殊的庚子年春节，一场突如其来的疫情铺天盖地席卷而来，一下子打乱了所有人的节奏。始料未及的新冠肺炎疫情让平日活泼好动的我们，一下子成为"宅男""宅女"，好友相会变成视频聊天，亲友相聚改为隔空拜年，一级一级的突发公共卫生事件应急响应、一项一项的联防联控措施，让我们体会到前所未有的恐惧和焦虑；安静的社区、寂静的城乡，让人们感受到一份从未有过的压抑！我们从未如此深刻地认识和感受过疾病的可怕和生命的脆弱！然而，在党和政府的坚强领导下，全民总动员，一场全面的疫情阻击战将给我们留下刻骨铭心的记忆，我们必将战胜困难、降伏病魔，勇敢地迎来阳光灿烂、鸟语花香的春天！同学们，在全国人民万众一心阻击疫情的特殊日子里，首先让我们把最崇高的敬意献给为抗击疫情，战斗在一线的那些勇敢的"逆行者"！岁月静好，只是因为有人为我们负重前行。除夕夜的千里驰援、六天六夜的中国速度、请战书上鲜红的指印诠释了初心与使命、大爱与责任、担当与无畏，同时也凝聚成了坚不可摧的中国精神。

根据中省市的统一部署，学院决定延长假期，推迟开学。按照"停课不停学""延期开学、如期开课"的原则，学院已经对推迟开学和做好线上教学的有关工作做了详细安排，也已及时通告给同学们，希望同学们能按照学院的通知，安下心来，在家里积极参与线上教学活动，我们共同努力、共同协作，把疫情对同学们学习的影响降到最低。另外，学院的其他工作也在按照既定安排有条不紊地进行。

面对不一样的新学期开学，我想通过这种形式与同学们交流三点想法：

一是坚定信心，共渡难关。 疫情就是命令，防控就是责任，举国上下团结一心、群防群控、科学应对。在抗击新冠肺炎疫情过程中，不管是奋战在一线的医务人员，还是严格执行防控措施的各行各业，全国人民众志成城，凝聚起强大的中华力量。全体同学要树立起强烈的责任感和使命感，无论身处何地，都要严格执行国家、当地政府和学院有关疫情防控的统一部署，顾全大局、听从指挥，积极配合，做好防疫工作。疫情发生以来，学院牵挂着每一位师生的健康与平安，每天定时收集大家的健康信息并及时跟进，按照要求严格落实防控措施不松懈，对学院所有场所进行消毒灭菌，以确保春季开学时校园的公共卫生安全。疫情警报尚未解除，防控形势依然严峻，同学们要科学认识和对待疫情，加强防护、坚定信心，做好居家防护、定时检测、合理饮食、适度锻炼、提高免疫力，继续严格执行防控措施，定时上报健康信息，把好防控关，少出门、勤洗手、多锻炼、不聚集、科学防疫、共克时艰。未收到返校通知，请同学们不要提前返校。

二是不负韶华，勇于进取。 学生的主要任务就是学习，同学们应该以只争朝夕的精神对待学习。按照原来的教学安排，2月17日开始，学校将启动"停课不停学"的线上教学活动，我们将通过"换一个课堂"实现"如期开课"。为确保线上学习的顺利开展，近期学校已要求老师顺利完成了线上授课的各种准备，老师们也已在假期里提前备课，线上教学将按照各专业课表有序进行。希望同学们在家能积极参与，认真完成学习任务，能以时不我待的精神坚持学习，做到标准不降、质量不减。在这里我还想说，越是在这种特殊的环境下，越是对我们同学的考验。作为一名大学生，在此时此刻守住初心、积极进取、自主自律，就是在这场"战役"中最大的作为，也是对抗击疫情最大的支持。在线上教学活动中可能会遇到这样那样的问题，希望同学们能正确对待，积极联系任课老师、辅导员等予以解决。通过这种新的学习形式，我相信等到疫情结束，重回校园、重启正常学习生活节奏时，我们的同学一定会收获别样的经历、别样的成长。

三是懂得敬畏，懂得珍惜。这次疫情让人们对健康、对生命有了更深刻的认识。人人都知道生命是宝贵的，然而却只有在即将失去时才后悔没有好好珍惜。什么是珍惜生命？珍惜生命在于无数个细微的行为，我们是否养成了健康的生活方式和生活习惯？在讲究卫生方面：戴口罩，勤洗手，远离人群密集的场所。在健康饮食方面：尽量清淡少油腻，按时吃饭，少吃零食，忌暴饮暴食。在规律作息方面：早睡早起不熬夜，少玩手机多运动等。大家能做到几条？另外，病毒究竟从何而来？我想需要同学们深深思考。无论怎样，我想同学们是与新时代共同前进的一代，在经历了这次疫情后应该有所思、有所悟、有所为，同学们能否像奋战在防疫一线的"白衣天使"那样，将自己的奋战视为使命。我相信同学们在疫情防控的斗争面前，一定会肩负起时代赋予的使命与责任，与祖国同命运，与人民共患难，为夺取抗击疫情斗争的胜利作出应有的贡献。

同学们，青年是祖国的明天，是民族的未来，希望这场疫情能让同学们认识到知识的重要，珍惜岁月静好时的学习时光；无论何时何地都要心存敬畏、心存感恩，以善良与包容面对人生，做一个心怀大爱、不忘使命、勇担责任的铜职人、中国人。

阳光总在风雨后！同学们，我们坚信，有以习近平同志为核心的党中央的坚强领导，有全国各族人民的共同奋战，我们一定会夺取抗击疫情的最后胜利！春生已始，万物复苏；春光在前，希望萌发。疫情总会过去，我和全院老师将在春暖花开、奋进与共的校园等待你们回来！最后，祝亲爱的同学们身体健康、学习进步！

铜川职业技术学院　院长　杨建波
2020 年 2 月 13 日

致全体渭职院学子的一封信

亲爱的同学们：

大家好！

庚子春节，不同以往，一场突如其来的疫情打乱了同学们的寒假计划和生活节奏，许多同学盼望着利用假期完成的事情也不得不放下。在这场疫情面前，我们再次感受到祖国的强大、中国共产党的伟大和中国人民的团结，感动于无数医护"逆行者"的最美身影。这个"超长假期"也让你们与亲人相处的时间多了起来，能够享受到更多的亲情和家的温暖。同学们，不一样的寒假，注定是你们人生中最难忘的经历。

疫情就是命令，防控就是责任。在这场疫情防控战斗中，学院党委坚决贯彻习近平总书记关于疫情防控的重要讲话、指示精神，认真落实党中央、国务院，陕西省委、省政府，渭南市委、市政府的决策部署，及时成立学校疫情防控工作领导小组，建立疫情防控工作机制，多措并举扎实开展疫情防控工作。全体渭职院人团结一心、众志成城、全力以赴地投入到新冠肺炎疫情阻击战之中，学校领导班子成员、各部门和二级学院负责同志坚守岗位、奋勇当先，切实做到守土有责、守土尽责；广大党员干部挺身而出，积极投入到学校和社区抗击疫情第一线；老师们以"防控新冠肺炎"为主题，创作了歌曲、舞蹈、书法、绘画等作品，通过艺术形式，传播科学规范的防控知识，表达对奋战在抗疫一线勇士们的敬意和真挚情感。

疫情无情，人间有爱。面对疫情，我校许多优秀毕业生，不顾个人安危，毅然决然奔赴湖北各地，走上抗击新冠肺炎疫情最前线。1998年毕业的老校友宋欠红博士现就职于云南中医药大学第一附属医院，疫情发生后，第一时间向党组织上交"请战书"，作为第一批援鄂医疗队成员，现在湖北通城县人民

医院重症医学科参与救援工作。张晓翠、朱小妮、张娣、卢思雨、张红等我校优秀毕业生都在武汉抗疫一线参与救护工作。还有许多渭职院学子正战斗在抗击疫情的不同岗位上。他们用自己的方式诠释着责任和担当,他们是我们的骄傲,更是你们的榜样。让我们向所有不畏艰险、迎难而上的渭职院人致敬!

同学们,守护每一位学生的健康成长是学校义不容辞的责任担当,你们的健康与平安是老师最大的期盼。所以学校要求全体教职工不论身在何地,立即从休假状态切换为战时状态,一个也不能少,全面细致掌握每位同学的身体健康状况和活动轨迹,并及时将疫情防范知识、学校各项防控措施传达给每位同学。请同学们务必按照学校要求,向班主任、辅导员及时反馈自己的情况,并按照当地疫情防控工作部署,做好个人和家庭防护。请记住,在这场没有硝烟的抗疫战中,我们每个人都是战士,我们每个人做好防护就是对战胜疫情作出的最大贡献。

同学们,你们是与新时代共成长、共前进的一代,你们一定要担起这个时代赋予你们的使命。希望同学们继续按照中省市和学校的安排,在未接到学校发布的正式开学通知之前,不要提前返校,不要提前返回渭南,时刻保持同辅导员、班主任的密切联系,学校时刻关注和关心着你们。在正式开学之前,学校将组织开展线上教学,请同学们根据学校线上教学安排,合理安排学习和生活,充分利用假期精心研读古今中外名家典籍、践行中华优秀传统美德,确保学习不断线、成长不停止。有任何问题及时反馈给学校,学校和每一位老师都是你们成长、成才的坚强后盾。

同学们,没有过不去的寒冬,也没有到不了的春天。只要我们坚定信心、同舟共济、科学防控、理性面对,就一定能打赢这场新冠肺炎疫情防控阻击战!

让我们相约美丽的渭职院,一起等待校园樱花烂漫!

祝大家平安健康、阖家幸福、学业进步!

渭南职业技术学院　　党委书记　华惠民
　　　　　　　　　　院　　长　张　雄
2020 年 2 月 13 日

你们都是最棒的

亲爱的同学们：

大家好！

庚子春节，疫情来袭。我们正在经历一场全国总动员的人民战"疫"。在这场没有硝烟的战争中，学校坚决贯彻落实习近平总书记的重要指示和陕西省委、省政府，延安市委、市政府关于疫情防控工作的安排部署，第一时间成立疫情防控工作小组，全校上下迅速行动，认真落实各项防控措施，全力守护校园安全，为师生的生命安全和身心健康筑起坚实屏障。各位同学积极响应党和国家号召，全力配合学校及当地防控安排，用实际行动支持疫情防控工作。在此，我们代表学校向各位同学表示衷心感谢！

当前，疫情防控工作到了最吃劲的关键阶段。为更好地与全国人民一道同舟共济、抗击疫情，更好地保障全校师生的生命健康，希望同学们继续发扬延职精神，担当起新时代大学生的社会责任，为疫情防控贡献自己的力量。

一要服从大局，听从指挥。 自觉遵守《中华人民共和国传染病防治法》和《突发公共卫生事件应急条例》等法律法规，严格执行国家、当地政府和学校有关疫情防控工作要求，以科学的态度认识和对待疫情，坚持从各级政府及学校的正式渠道获取疫情相关信息，坚决做到不信谣、不传谣、不造谣，积极配合当地相关部门和学院的疫情防控工作，服从管理，自律行为，随时保持通讯畅通，按时、准确报告个人相关信息；严格遵守延期开学规定，安心等待返校通知，未经批准，一律不得提前返校。

二要做好防护，保障健康。 主动增强卫生健康意识，掌握疫情防控知识，自觉遵守防范新冠肺炎48字守则（须警惕、不轻视；少出门、少聚集；勤洗手、勤通风；戴口罩、讲卫生；打喷嚏、捂口鼻；喷嚏后、慎揉眼；有症状、早就医；不恐慌、不传谣），增强防控意识和自我保护能力，并带动家人、亲友共同做好防护。养成良好生活习惯，合理安排作息时间，保证睡眠充足，适度进行体育锻炼，增强身体免疫力。

三要坚定信心，科学认知。 在党中央的坚强领导下，全国各地的疫情防控工作正在全面、有效开展，同学们要牢固树立防控必胜的思想，以科学的态度对待疫情，不恐慌、不懈怠，积极进行自我心理调适，努力化解紧张、焦虑情绪。为帮助师生缓解和降低因疫情引发的心理困扰，学校开通了心理咨询热线，希望各位同学保持理性、冷静、平和的心态。学生党员要勇于担当，积极发挥先锋模范作用，坚定信心，带头做防控知识的传播者、健康家园的守护者。

四要珍惜时光，不负韶华。 学校已经制订2020年春季学期"延期不延学"教学工作方案，将利用多种形式的线上技术组织教学活动。请同学们利用假期时间，根据学校延期开学教学活动安排，合理制订学习计划，安排好居家学习、阅读、锻炼等活动，确保假期学习"不断线"，学习成效有提升。努力练就过硬本领，做新时代的强国战士，用实际行动践行"只争朝夕，不负韶华"的奋斗精神和家国情怀。

"大鹏一日同风起，扶摇直上九万里。"亲爱的同学们，在学校，你们都是最棒的；在这场疫情防控战役中，你们同样也都是最棒的！疫情隔不断亲情，不论此刻你们身在何处，学校都时刻惦记着你们，你们的平安健康是学校最大的愿望。让我们坚定信心、携手同行、科学应对、共克时艰，以延职人的务实和担当共同做好疫情防控工作，坚决打赢这场没有硝烟的战争！

亲爱的同学们，春暖花开，相聚有期，学校期待大家平安回校！

衷心祝愿你们和你们的家人健康平安！

延安职业技术学院　　党委书记　呼世杰
　　　　　　　　　　　院　　长　高福华
　　　　　　　　　　　2020年2月11日

期待在安职的校园里
同春天相逢 与大家平安相聚

亲爱的全体师生：

首先向你们问好！

自发现新冠肺炎病例以来，一场关系到每一位公民生命健康的疫情防控阻击战已经打响。疫情发生后，党中央、国务院高度重视，迅速作出重要部署，省市相继启动重大突发公共卫生事件Ⅰ级应急响应。学院牵挂着每一位师生的身体健康，成立了应对新型冠状病毒肺炎疫情的防控工作领导小组，认真贯彻落实习近平总书记对新型冠状病毒肺炎疫情防控的重要指示精神和党中央、国务院的统一部署，把疫情防控工作作为当前头等大事来抓，及时研判、部署学院疫情防控工作。我们对这场疫情防控战充满信心，我们坚信，党中央和国务院一定能带领我们打赢这场没有硝烟的战争。

当前，新冠肺炎疫情形势严峻。防控疫情，人人有责，作为与新时代同向同行的一代，我们不仅要加强个人防护，更要勇敢肩负起防控疫情的责任，积极采取各项预防措施，坚决打好打赢这场疫情防控阻击战。

一要高度重视防控工作，认识再提高。 全体师生要自觉提高政治站位，把思想和行动统一到习近平总书记的重要指示精神上来，坚决把党中央和省委、市委、学院党委的决策部署落到实处，严格落实陕西省重大突发公共卫生事件Ⅰ级应急响应和学院疫情防控工作领导小组的各项要求。本着对社会负责、对家庭负责、对个人负责的态度，坚决把疫情防控工作要求落到实处。广大党员要当好疫情防控的排头兵、维护稳定的排头兵、保护师生的排头兵，筑起疫情防控钢铁防线。

二要切实增强防范意识，防控再严密。 全体师生要减少非必要外出和接

触，避免在人员密集区域或封闭、空气不流通的公众场所逗留。外出时应佩戴口罩，回家及时进行个人清洁。搞好环境卫生，保持空气清新。认真学习疫情防控知识，密切关注自身健康，养成良好的卫生习惯和生活方式，增强个人体质，提高自身免疫力。

三要继续发扬奉献精神，能量再聚集。 在这场没有硝烟的战争中，全国各地在做好当地疫情防控工作的同时，对疫情最为严重的武汉纷纷施以援手，海外多方力量也积极助力战胜疫情。在众多支援疫情一线的医务工作者中，也有我院的优秀毕业生，他们不顾个人安危、舍小家为大家，与成千上万的医务工作者一同奋战在防控疫情的前线。学院许多干部职工毅然放弃休假，全身心投入到疫情防控工作中，为全体师生筑起牢固防线，为后期开学积极准备。希望全体师生都能尽自己的绵薄之力为防控疫情作出自己的贡献，凝聚正能量，助力战胜疫情。

四要自觉做好课业安排，学习再奋发。 由于疫情防控的需要，学院按要求延迟开学，广大师生不能提前返校或顶岗实习，学院对疫情防控期间教学工作进行了调整，作出了安排。全体师生要从官方渠道了解、学习相关知识和信息，不信谣、不传谣、不恐慌。辅导员、班主任要加强与学生的联系，及时掌握学生情况；专业教师要积极利用学院提供的网上教学平台，开展线上教学，停课不停学；心理咨询教师要加强对学生的心理疏导，科学防控疫情，隔离病毒但不疏离人心；全体同学要作好时间规划，充分利用这段时间多读书、多学习、多思考。

亲爱的老师们、同学们，没有一个冬天不会过去，没有一个春天不会到来，让我们万众一心、众志成城，坚决打赢疫情防控阻击战！相信在大家的不懈努力下，2020年的春天一定会冲破严寒，如期而至！期待在安职的校园里，同春天相逢，与大家平安相聚！

安康职业技术学院　　党委书记　唐　军
　　　　　　　　　　　院　　长　马恒昌
　　　　　　　　　　　2020年2月14日

风雨遮不住彩虹　　乌云挡不住太阳

全院师生员工：

大家好！

庚子新春，一场突如其来的新冠肺炎疫情打破了应有的节日气氛，本应阖家欢乐、共度佳节的我们迎来了一场没有硝烟的战"疫"。疫情就是命令，防控就是责任。在这个特别不寻常、不平凡的新春里，你们视疫情如敌情，把抗疫当战争，足不出户当"宅男"做"宅女"，自觉用视频聊天代替好友相会，用隔空拜年代替亲朋相聚，恪尽"以静止疫"战斗员之责，用实际行动践行"自强不息，止于至善"的陕旅烹院精神，用大义、责任和担当保障更多人的生命健康。在此，我代表学院党委向你们及你们的家人表示衷心感谢！

目前，疫情仍然严峻，防控正处关键，学院也在全力做好疫情防控工作，尽最大可能阻断疫情传播途径。为确保大家的安全，学院决定教职工延期返校到岗、学生开学时间视疫情待定，请大家不要提前返校，这既是抗击疫情的需要，也是保障大家健康安全的需要。学校将根据疫情发展和上级部署要求确定返岗及开学时间，并第一时间告知大家，给大家留出充足时间返岗返校，请大家耐心等待。

同袍同泽，与子偕行。众志成城的战"疫"中，大家一个都不能掉队，一个都不能少！如果你们遇到急需帮助的问题，请第一时间联系学院，学院将竭尽所能地支援和帮助大家。对于同学们普遍关心的新学期课程安排、实习就业等问题，学院正在研究制订相应方案，请大家关注学校官网、官微信息，与班主任、辅导员保持密切联系。目前学院按照"一校一策"的要求，已经开

始利用网络提供线上学习资源,安排老师跟进指导同学们居家线上学习,并将继续加强与上级主管部门的沟通协调,力求精准安排优质教育资源,保证教学标准不缩水,教学质量不降低,确保"停课不停学,学习不延期"。

疫情不灭,防控不懈。疫情防控期间,你们的健康、平安是学院党委最大的牵挂。在此,我提几点希望:希望大家防护有力,从严从细要求,宁可十防九空,也不可心存侥幸,不要让关爱我们的人揪心;希望大家饮食有度,注重卫生,保证营养,提高免疫力,增强抵抗力;希望大家自主学习,在文学经典中增加才情,在哲学经典中改进思维,在伦理经典中培养品德;希望大家调适有方,积极化解恐慌和焦虑,保持阳光乐观的心态;希望大家心中有戒,相信党和政府,不信谣、不传谣、不造谣,主动配合学校、当地政府和所在社区村组做好疫情防控工作;希望大家行止有爱,关爱家庭,关心家人,珍惜难得的与家人团聚的时光。

"青山缭绕疑无路,忽见千帆隐映来。"风雨遮不住美丽的彩虹,乌云挡不住升起的太阳。病毒终会消除,抗疫必将胜利!让我们紧密团结在以习近平同志为核心的党中央周围,坚定必胜信念,静下心来,严密防控,携手打赢这场没有硝烟的疫情防控阻击战。我们共同期待庚子春天欢聚的那一刻:那一刻,风雨洗礼的三秦大地,一定会气象更新;那一刻,春暖花开的陕旅烹院,一定会姹紫嫣红!

最后,祝全体师生员工及家人身体健康、幸福平安、吉祥如意!

陕西旅游烹饪职业学院　院长　王新丽

2020 年 2 月 10 日

志存高远　自强不息

亲爱的同学们：

大家好！

新年肇始，发端于武汉的新冠肺炎疫情来势汹汹，我们正经历着一场没有硝烟的战争。党中央、国务院高度重视疫情防控工作，习近平总书记多次作出重要指示批示，全国各地均启动了突发公共卫生事件Ⅰ级应急响应。

疫情就是命令，防控就是责任。学校高度重视疫情防控工作，成立了新冠肺炎防控工作领导小组，制订了疫情防控工作实施方案，落实疫情防控各项措施，切实保障校园安全稳定。在疫情防控中，我校护理专业优秀毕业生杨玲目前正奋战在武汉协和医院，万小翠、郭莘奋战在武汉市第八医院，杜伟奋战在武汉大学附属医院……像这样的优秀毕业生还有很多，他们驰援武汉，是可敬可爱的"逆行者"。左彩玲、吉育苗、杨佳鑫、何文丽、张娇娇、刘欣等一大批优秀校友坚守在本医院抗疫第一线；西安医专附属医院殷露等一批医务工作者纷纷请缨，要求到抗疫第一线。他们践行了"救死扶伤"的铮铮誓言，诠释了"大医精诚"的深刻内涵，书写了"医者仁心"的大爱情怀，表现出新时代医务工作者的责任与担当，我们为他们点赞！他们是西安医专的骄傲，也是你们学习的榜样！

为确保疫情期间同学们的身心健康和生命安全，特向全校学子发出如下倡议：

一要厚植爱国情怀。大疫面前，我们每一个人都是战士，都是疫情防控的见证者、参与者、贡献者。在党中央集中统一领导下，我们在防控工作中进一步感受到了中国特色社会主义制度的显著优越性，在医护人员向核心疫区前进的铿锵步伐中看到了众志成城,在社会各界驰援武汉的集体行动中读懂了大爱无疆,在建设武汉火神山、雷神山医院的速度中进一步认识了中国力量。我们每一个医学生都要厚植爱国情怀,将来能够像许多用生命保护生命的"逆行者"那样,在为祖国、为人民的奉献中实现自己的人生价值。

二要加强自我保护。同学们要全面认真地学习新冠肺炎的传染源、传播途径、易感人群和预防治疗等相关知识,充分发挥医学院校学生的专业特长,做好自我防护,注意个人卫生,常通风,勤洗手,外出注意正确佩戴口罩,避免到人群密集的场所。同时,要积极向亲朋好友、周围的人做好疫情防控的科普宣传。

要保持健康心态。乌云遮不住升起的太阳,疫情挡不住春天的来临。同学们要坚定信心,以积极乐观的心态面对疫情,不恐慌、不焦虑、不传谣、不造谣。希望你们成为抵御困苦的勇士,也成为辨别真伪的智者,以自律、自信、自强的青春姿态战胜"疫魔"!

三要坚持认真学习。请同学们遵守疫情防控纪律,不要提前返校。在延期开学期间,学校将组织线上教学,做到"停课不停学"。同学们要听从学校线上教学工作安排,认真学习。同时,要充分利用居家防疫这段时间,自我督促、自主学习、博览群书、修身养性,将自己培养成一位品学兼优的医学生,将来在救死扶伤的工作岗位上更好地贡献自己的力量。

亲爱的同学们,学校一直心系你们和你们家人的健康平安!让我们秉承西安医专"志存高远,自强不息"的校训,坚定信心,同舟共济,坚决打赢这场疫情防控阻击战!雾霾散去,春回大地,欢迎同学们再回到西安医专这个温暖的大家庭!学校等你们归来!

衷心祝愿每位同学及家人身体健康、阖家幸福!

西安医学高等专科学校　　党委书记　韩忠诚
　　　　　　　　　　　　校　　长　魏焕成
2020 年 2 月 16 日

懂敬畏　担使命

亲爱的同学们：

大家好！

当你们读到我这封书自校长办公室的信件时，想必心情是复杂的。也许，此时你正在托腮远望，抑或在焦躁踱步，也可能在低头游戏，早已经视家为樊笼了。期盼着早日回归校园，与老师、同学们畅述别情，欢愉校园。你们的心情我完全可以理解，毕竟，上学读书是你们现阶段的使命所在，渴望自由奔放也是你们的天性使然。

可能，你们也想从我的信中捕嗅何时返校的讯息，但是遗憾地告诉各位，"君问归期未有期"。在当前抗击新冠肺炎疫情的关键时期，最有效的防控方式就是减少外出，杜绝聚集，避免接触引发的传染。

这场始料未及的疫情让我们成为"宅男""宅女"，让好友相会变成视频聊天，亲朋相聚变成隔空拜年。

新型冠状病毒的侵袭，使我们今年的寒假都过得不平常。此刻你们仍然身在家乡，生活、学习都有诸多不便，很想西安的家——咱们西铁职校了，我感同身受，非常理解。告诉你们，我现在就在办公室守卫着咱们的学校，每天组织两次校园消毒，学校非常安全，请你们放心！同时也请你们安心居家学习，与亲人和当地政府一起用耐心阻击疫情。因为疫情，今年学校会延迟开学，学校将开通网上课堂，让大家"停课不停学"。希望同学们能严格自律，在老师的指导下制订每日学习、生活作息时间表，主动看书，提出问题，积极探索，大胆分享，充分运用"分享式学习"方法，提高个人的学习能力。

虽然疫情还没有平息，但大家心心相连，众志成城就是无坚不摧的力量。

盼望着疫情早日过去，同学们能早日返回学校！

为此，我衷心希望同学们：

一要做"守护者"，担使命、保安康。 希望同学们保护好自己，不让关爱我们的人揪心，就是对他人生命安全的负责，就是对一线医务人员的宽慰，就是在为这场"战疫"作贡献。每一位同学都牵系一个家庭，担当一份使命，自觉做科学的传播者、谣言的粉碎者、健康的守护者、家庭的关爱者。每一位同学的平安、每一个家庭的健康，就是平安华夏、健康中国的坚固基石。

二要做"修行者"，宅其身、抱道行。 希望同学们尽量少出门，做一些健康的室内活动，不敢大意，不要任性，不发脾气；利用这个机会多和家人说说知心话，增进感情；通过网络、电视、报纸等了解一些新型冠状病毒的知识，养成会洗手、勤消毒、戴口罩、常通风等良好的生活习惯，做一个有安全防护意识的现代公民。

三要做"识途者"，游必有方。 为了同学们的健康平安，教育部已作出2020年春季学期延期开学的决定，我们学校也发出了相关通知，这是抗击疫情的需要，也是党和人民对莘莘学子的关心和厚爱。疫情割断不了亲情，无论你们身在何方，请记得我和学校的老师们时刻牵挂着你们，也盼望着大家都能以健康、阳光的姿态踏上返校之路。返程之时，也许疫情还没有完全解除，大家务必按照统一部署，配合学校返校复学工作的相关安排，作好个人防护和返程规划，游必有方，尽可能缩短返程时间，做到错峰出行、平安出行，在新学期以昂扬向上的姿态展现同学们的满怀豪情和青春活力。

四要成为一个"受欢迎、有能力、有担当的人"。 其实，有很多东西是无法通过教科书直接教给你们的，这次疫情就给我们上了一堂生活大课。在学校里，我们倡导真实的学习，在真实的情境中解决问题，习得真实的本领。在这场没有硝烟的战争中，我们看到了无数人的努力，理解了责任与担当的意义；看到了人生百态，也体会到了人性终极的美好；看到了科技和大数据的力量，也体会到了决策的关键……这是书本无法教给你们的。生活就是最好的老师。

五要珍惜生命。 人人都知道生命是宝贵的，然而却只有在即将失去时才后悔没有好好珍惜。什么是珍惜生命？生命是由无数个微小的瞬间组成的，珍惜生命就在于珍惜无数个细微的行为。那么，我们是否养成了健康的生活习惯？在讲卫生方面——戴口罩、勤洗手、远离人群密集的场所；在饮食方面——尽量清淡少油腻、按时吃饭、少吃零食、忌暴饮暴食；在作息方面——早睡早起不熬夜、少玩手机多运动……你们做到了几条？

六要做"好公民"。我们拥有很多身份。在家里，你们是孩子；在学校，你们是学生；而对于国家而言，你们是公民。公民意味着什么？你们不仅拥有国籍，也拥有权利和义务。最重要的权利之一是受教育的权利，最重要的义务之一就是通过遵守公共秩序而尊重他人的权利。以这次疫情的传播为例，如果人人都戴好口罩、自觉隔离，如果人人都高度关注疫情的公开、透明，人人都彼此提醒、支持……那么，我们会更快地打赢这场战"疫"。国家的强盛靠的不是响亮的口号，也不是个别英雄的牺牲，而是每一个公民的努力。

七要懂得敬畏。病毒究竟从何而来，目前，尚无达成共识的权威解释。而对于十七年前的非典和这次的新冠肺炎，专家的共识是与人类食用野生动物有关。表面上看，这是人类的贪欲使然——欲望使人疯狂。然而，从根本上讲，使人疯狂的不是欲望，而是骄傲让人失去了敬畏之心，以至于一次次突破底线——岂止是"吃"的底线？放眼看去，无论是对自然的掠夺，还是对同类的戕害，不都缘于自己的傲慢吗？傲慢便以为自己无所不能，便以为自己不可战胜，便以为自己可以凌驾于一切法则之上。真正的勇敢不是"无所畏惧"，而是"有所作为"。正如在这场看不见硝烟的战争中，那些拿自己的生命、他人的健康开玩笑的人就是可耻的"无所畏惧"，而那些明知自己将要面临严峻考验却依然挺身而出的人才是勇敢的"有所作为"。

八要承担使命。医生在这样的非常时期穿着厚重的防护衣每天连续工作十个小时以上，吃不上一口饭，喝不了一口水，精疲力竭仍咬紧牙关。而辛苦并不可怕，可怕的是这些坚守一线的"白衣天使"时刻面临着被感染的风险，时刻都有可能颓然倒下。这个世界之所以是美好的，正是因为有这些不肯退缩的人，他们将自己的奋战视为使命。

亲爱的同学们，请保持微笑，听从教导，与大人们一起共克时艰。若干年后，再回首2020年的春节，你们已经长大，接过了父母、师长手中的接力棒，当初身边大人们的勇敢、坚韧、付出也终将在你们的身上体现……

面对各种扑面而来、纷繁复杂的信息，拥有独立精神的人就不会人云亦云、盲目跟风，而是理性面对、冷静分析、对比甄别，作出自己的判断，表现出理性的力量和负责的态度。疫情面前没有局外人，因为没有人是一座孤岛，每个人都是潜在的受害者，所以我们也应以真诚的悲悯和同情对待患病的人，如果有可能，给予一点力所能及的关怀与帮助。疫情就是命令，防控就是责任。同学们是与新时代共同前进的一代，相信你们在疫情防控的斗争面前，一定会肩负起时代赋予的使命与责任，与祖国同命运，与人民共患难，为夺取抗击新冠肺炎疫情斗争的胜利作出应有的贡献。

亲爱的同学们，你们正处于无忧无虑的年龄，但在困境之中学会思考，你们会学到更多。一切都会过去，但一切都不会被遗忘，也不该被遗忘！此时此刻，大家也可以思考一下自己的人生，你想成为怎样的自己？此刻的你们是怎样的？你们希望拥有怎样的人生？这些问题思考得越早，你们就会想得越明白，你们的行动就会越坚定。愿你们有所思、有所悟、有所行动，真的长大！

乌云遮不住升起的太阳，疫情挡不住春天的来临，让我们坚定必胜信念，万众一心、众志成城，夺取抗击疫情斗争的最终胜利。我将和学校的老师们一道在西铁职校的校园里期待着在庚子年的春天与大家重逢！

静待春暖"疫"散去，吾盼学子平安归！

衷心祝福同学们及家长身健体康、顺心如意、吉祥平安、阖家幸福！

西安铁道职业学校　校长　刘爱民

2020年2月7日

万众一心　曙光将至

亲爱的同学们：

大家好！

首先，请允许我代表西铁学子向战斗在一线的"战士们"表示感谢！感谢他们用血肉之躯筑起防疫之城，守护我们的健康和平安！

同学们，庚子之年，来得是如此不同寻常，新冠肺炎疫情像一场暴风雨般来势汹汹，让人猝不及防，一场没有硝烟的"战争"在新春佳节吹响号角，让本该繁华热闹的街道冷冷清清，让本该欢声笑语的我们忧心忡忡。望着窗外的街景，我百感交集，既痛心于疫情给中国人民带来的伤害，又感动于国难当前，操戈披甲的无名英雄们，他们为了抗击疫情，肩负使命，逆行而上，用坚定的步履谱写着泱泱大国的生生不息。他们是奋笔写下"请战书"的医护工作者，他们是热血铸就"金色盾牌"的人民警察，他们是争分夺秒鏖战在"火神山""雷神山"医院的施工人员，他们是用生命接力为疫区输送援助物资的司机们……"捐躯赴国难，视死忽如归"，我们的岁月静好，是因为他们的负重前行！

其次，请允许我代表学校向西铁学子及其家人们表示最诚挚的问候！希望大家一切安好！

同学们，疫情之时，我们的求学之路也异于往昔，我们本该踏着春的脚步邂逅在温暖的操场上，本该伴着琅琅读书声相遇在明亮的教室里，疫情阻挡了我们的脚步，让我们变成了"宅男""宅女"。"关闭门庭，远离人群，戴好口罩，洗手消毒"这些防疫歌谣不断在耳畔响起，我特别理解被困在家中的你们，理解你们内心的焦躁和不安，理解你们出行的不便与困扰。疫情向我们发起挑战，挑战我们的意志、挑战我们的耐心，面对挑战，我们从不认输、勇敢应战、从容不迫，因为我们是勇敢的中华儿女，我们有着坚不可摧的意志和信念，我们相信只要我们众志成城、携手相助、团结一心、攻坚克难，任何磨难都阻挡不了我们的复兴之路，病毒终会被我们封印，疫情终会被我们歼灭，天会亮，曙光就在前方！

面对疫情，西铁院也在行动。为响应国家号召，学院立即召开紧急会议，成立疫情防控专项小组，组织了一系列的防控疫情行动；有"防控疫情，从我做起"的主题活动，安全守护着学院的每一个角落；有"抗击疫情，用心相伴"的主题活动，开通心理援助热线，为学院师生提供网络心理辅导；有"抗击疫情，郑重承诺"的主题活动，为我院师生共抗疫情的决心而发声；有"硬核支援，暖心守护"的主题活动，为冲锋在前的防控人员赠送防疫物资；以及我院全体教师积极行动组织的"停课不停学，教学不停步"的网络教学活动。作为铸就铁路专业人才的技师院校，我们肩负着为国家输送人才的使命，在特殊时期，我们也要不辱使命，与国家共患难、共进退。岂曰无衣，与子同袍，举国上下同心协力、肩并肩、心连心，没有我们打不胜的战役！

最后，请允许我向同学们提出三点希望：

一是尊重规则，敬畏生命。疫情的发生引发了一个老生常谈的话题——生态平衡。每一种生命都遵循着自己的运行轨迹，绽放着生命之光，如果人类伤害它们，势必会打破生态平衡，损人损己，最终会没有赢家。古人云："在貌为恭，在心为敬。"敬畏之心源于人的内心，"心存敬畏，行有所止"，让我们爱一物之生，怜一物之死，尊重四季之成规，遵守万物之法则，疫情当前，我们尊重规则，安心在家，不给国家添负担，磨炼意志和心性，用科技手段武装大脑，我相信相见之时，你们必会让我刮目相看。

二是珍惜光阴，勤奋刻苦。光阴如白驹过隙，转瞬即逝，"盛年不重来，一日难再晨"，时间是残酷的，它从来不会因为怜惜你而停留片刻；时间又是

公平的，只要你肯认真地对待它，它一定会向你证明它的存在和价值。在这个特殊时期，在这个特殊场合，请同学们紧紧抓住光阴之手、勤奋刻苦、磨炼意志，为了西铁院的美好未来，为了造就有价值的人生之路，勇往直前、砥砺前行。

三是终身学习，勇于创新。终身学习就是"学无止境"，科技在发展，时代在进步，作为新时代的建设者，你们应该用创新精神武装自己，用终身学习的理念鼓励自己。为了适应社会的发展需求，为了跟上时代的脚步，努力听讲、认真钻研，无论面对怎样的背景，无论你们身处何地，依然不忘初心、不辱使命，做好学生的本分。

同学们，一支竹篙难渡海，众人开桨划大船，我相信，只要我们全体师生众志成城、风雨同舟，胜利必将属于我们。

最后，我期待春风送暖、欣欣向荣、万物更新，你们如期而至！

西安铁道技师学院　院长　蔡建林

2020 年 2 月 17 日